जोराम यालाम नाबाम

जोराम यालाम नाबाम का जन्म अरुणाचल प्रदेश के लोअर सुबानसिरी जिले के जोराम गाँव में 5 मार्च, 1978 को हुआ। उन्होंने वनस्थली विद्यापीठ, राजस्थान से स्कूली शिक्षा पाई और राजीव गांधी केन्द्रीय विश्वविद्यालय, अरुणाचल प्रदेश से हिन्दी में एम.ए. और पी-एच.डी. किया। अरुणाचल प्रदेश के बहुसंख्यक न्यीशी आदिवासी समुदाय से आनेवाली जोराम यालाम आदिवासी अस्मिता, संस्कृति और अस्तित्व के प्रश्नों में गहरी दिलचस्पी रखती हैं। इन विषयों पर वे पत्र-पत्रिकाओं में लगातार लिखती रही हैं। उनकी प्रकाशित कृतियाँ हैं—'साक्षी है पीपल' (कहानी-संग्रह); 'जंगली फूल' (उपन्यास); 'गाय-गेका की औरतें' (संस्मरण); 'न्यीशी समाज : भाषिक अध्ययन' (शोध) और 'तानी कथाएँ : अरुणाचल के तानी आदिवासी समाज की विश्वदृष्टि' (लोक कथा विश्लेषण)।

वर्तमान में वे राजीव गांधी केन्द्रीय विश्वविद्यालय, अरुणाचल प्रदेश के हिन्दी विभाग में सहायक प्रोफेसर के रूप में कार्यरत हैं।

सम्पर्क : joram.yalam@gmail.com

जोराम यालाम नाबाम

गाय-गेका की औरतें

राधाकृष्ण पेपरबैक्स

राधाकृष्ण पेपरबैक्स में
पहला संस्करण : 2023

राधाकृष्ण पेपरबैक्स : उत्कृष्ट साहित्य के जनसुलभ संस्करण

राधाकृष्ण प्रकाशन प्रा. लि.
जी-17, जगतपुरी
दिल्ली-110 051
द्वारा प्रकाशित

शाखाएँ : अशोक राजपथ, साइंस कॉलेज के सामने, पटना-800 006
पहली मंजिल, दरबारी बिल्डिंग, महात्मा गांधी मार्ग, प्रयागराज-211 001
1, अनमोल सोराबजी संतुक लेन, धोबी तलाव, मरीन लाइंस, मुम्बई-400 002
वेबसाइट : www.radhakrishnaprakashan.com
ई-मेल : info@radhakrishnaprakashan.com

विकास कंप्यूटर एंड प्रिंटर्स
ट्रॉनिका सिटी-201 102
द्वारा मुद्रित

मूल्य : ₹199

GAY-GEKA KI AURATEIN
Memoirs by Joram Yalam Nabam

ISBN : 978-81-19092-36-9

भूमिका

'गाय-गेका की औरतें' एक अद्‌भुत किताब है। किताब कथात्मक ढंग से लिखी गई है पर यह कोई कथा नहीं है। इसमें एक आदिवासी समुदाय के ग्रामीण जीवन का विस्तृत वर्णन है, फिर भी यह समाजशास्त्र या नृतत्वशास्त्र की किताब नहीं है। इसमें संस्मरण जरूर हैं लेकिन ये संस्मरण किसी व्यक्ति विशेष के नहीं बल्कि पूरे गाँव और अंचल के हैं। इसकी लेखिका अरुणाचल प्रदेश में तानी समूह के पाँच आदिवासी समुदायों में से एक न्यीशी समुदाय से है।

लेखिका ने अपने गाँव को केन्द्र बनाकर न्यीशी समुदाय के रोजमर्रा के जीवन को सजीव कर दिया है। इसमें न्यीशी समुदाय के पारिवारिक एवं ग्रामीण जीवन, उनके सामूहिक विश्वास, रीति-रिवाज, पर्व-त्योहार, आध्यात्मिक-धार्मिक जीवन तथा आर्थिक क्रिया-कलापों को औपन्यासिक या कथात्मक ढंग से व्यक्त किया गया है। किसी कबीले के बारे में लिखी गई समाजशास्त्र या नृतत्वशास्त्र की कोई भी

किताब इतनी सजीव, सरस और इतनी गहरी नहीं हो सकती, जितनी यह किताब है।

इसकी एक विशेषता यह है कि इसमें कबीले की किसी जड़ या ठहरी हुई संस्कृति का वर्णन नहीं है बल्कि उसके बदलते हुए जीवन और गतिशील संस्कृति का चित्रण किया गया है। टीलेनुमा पहाड़ों पर जंगल काटकर बनाए खेतों में पुराने ढंग से खेती करते, आधी रात के सन्नाटे में किसी गीत की कड़ी गाते हुए कबीलाई किसान-जीवन के चित्र हैं।

लेखिका की जानदार भाषा, प्राकृतिक सौन्दर्यबोध और विनोदवृत्ति ने किताब को और भी दिलचस्प बना दिया है। पूरी किताब पढ़कर लगता है कि काश, इसमें कुछ अध्याय और होते।

—वीर भारत तलवार

आभार

अपने प्रिय मित्र और आलोचक रजनीश सचान का—'तानी कथाएँ' के बाद इस पुस्तक में जिन्होंने मेरी व्याकरणिक अशुद्धियों को दूर किया।

अपने मित्र नाबाम विवेक और अपने बच्चों का—एक स्वतंत्र शान्त पारिवारिक माहौल प्रदान करने के लिए।

मेरे सबसे बड़े आलोचक, गाइड, पाठक, मेरे आत्मविश्वास को पुष्ट करने वाले प्रोफेसर वीर भारत तलवार का।

और अन्त में प्रकृति का—जिसने जीवन की कुछ स्मृतियों की शुद्धता को बचाए रखते हुए, उसके कुँवारेपन में भूत, भविष्य और वर्तमान के लिए अदना-सा ही सही, एक दृष्टि मुझे प्रदान की।

क्रम

जोराम स्कूल में मेरा बचपन

सुबह-सुबह जब ओस की बूँदें बर्फ बनकर पैरों में कंकड़-सी चुभती हों; खुद बड़े आराम से सोए रहो और किसी नन्ही-सी जान को बाहर पानी लेने भेजो। किसी आतंकवादी से कम नहीं लगती थी मेरी दीदी। बाँस की दीवारें, टीन की छतें, लकड़ी के खम्भे और नंगी मिट्टी का फर्श; कभी-कभी केंचुए निकल आते थे। मैं जोर-जोर से चिल्लाकर सबको डरा देती। बिजली के पतले-पतले नंगे तारों का ताना-बाना; उनमें भी बिजली इक्के-दुक्के ही आती थी। हर टेबल पर एक लालटेन जरूर होती थी। रात भर पढ़ाकू लड़कियाँ लालटेन की धीमी रोशनी में, अस्पष्ट स्वरों में बुदबुदाते हुए पढ़ती रहतीं। मेरी समझ में नहीं आता था कि तोते की तरह रात भर रटने के बावजूद वे फेल कैसे हो जाती थीं।

दिसम्बर-जनवरी के महीनों में पाइप का पानी जमकर बर्फ बन जाता था, इससे बहुत दिक्कत होती थी। हॉस्टल के सामने हल्का-सा एक ढलान था जहाँ एक कुआँ था। उसके ऊपरी सतह पर बर्फ जमी रहती

थी। उसे डंडों से तोड़कर हम पानी ले लिया करते। इन महीनों में इस कुएँ का उपयोग खूब होता था। मुझे हर सुबह एक बोतल में दीदी के हाथ-मुँह धोने के लिए पानी लाना होता था। ऐसे वक्त में माँ बहुत याद आने लगती थी। उन्होंने तो कहा ही था कि मैं घर से ही स्कूल जाया करूँ। लोग कहते थे, 'बच्चे हॉस्टल में ज्यादा स्मार्ट और समझदार हो जाते हैं' इसी तर्क ने शायद मेरे बड़े भाई साहब को समझा लिया होगा, और उन्होंने मुझे हॉस्टल जाने के लिए तैयार किया होगा।

बिस्तर से उतरकर कुछ देर तक इस तरह उकड़ूँ बैठती थी, मानो कोई पेंगुइन का छोटा-सा बच्चा हो। दोनों घुटनों को मोड़कर फ्रॉक के अन्दर घुसा लेती थी। औरतों द्वारा कमर पर लपेटकर पहना जाने वाला 'गाले' का आधा भाग सिर को ढाँकते हुए गले में बाँध लेती। बाकी हिस्से से पूरा शरीर को ईसाई पादरी के लम्बे चोगे की तरह ढक लेती थी। हाथ-पाँव नहीं दिखते थे। स्वेटर होने के बावजूद ऐसा ही बाँधना मुझे बेहद पसन्द था। उन दिनों सारे बच्चे ऐसा ही बाँधते थे। एक सुबह मैं पानी लेने गई। क्या हुआ था, कुछ याद नहीं। शायद देर कर दी या फिर बोतल टूट गई...कुछ तो हुआ था। उस सुबह दीदी ने सबके सामने मेरी पिटाई कर दी। आसपास की सारी लड़कियाँ हँसने लगीं। मैं सामान्य से ज्यादा जोर से चिल्लाकर रोई। मार से ज्यादा उन लोगों द्वारा मुझ पर हँसने से मैं आहत हुई थी।

रविवार का दिन था। शाम ढलने लगी। हॉस्टल के चारों ओर घास और झाड़ियाँ आज भी दिखते हैं। कुछ बच्चे बाहर खेल रहे थे। उनकी अस्पष्ट आवाजें आज भी कभी-कभी भीतर कहीं गूँज जाती हैं। शायद याद दिलाना चाहती हैं मुझको कि वे स्वप्न नहीं, हकीकत थीं

जिनसे मैं होकर आई हूँ। किसी का चेहरा याद नहीं और न ही यह याद है—कौन-कौन थीं उस वक्त वहाँ। बस इतना ही याद है कि उस वक्त वहाँ बच्चे खेल रहे थे। मैं सामने से दबे पाँव निकल गई। किसी का भी ध्यान मुझ पर नहीं गया। मैं हॉस्टल के पीछे वाली झाड़ियों में इस तरह छिप गई कि ढूँढ़ना मुश्किल था। कुछ देर बाद दीदी की पुकारने की आवाज सुनाई दी। वह हर किसी से पूछ रही थी मेरे बारे में। मैं सब कुछ यहाँ से सुन सकती थी। मेरी तलाश होने लगी। लेकिन यह वाली जगह किसी के ध्यान में नहीं आई।

शाम की लालिमा हमारे गाँव की तरफ जाने वाले पहाड़ों की चोटियों पर दिन की आखिरी मुस्कान बिखेर रही थी। काश अँधेरा होने से पहले कोई मुझे ढूँढ़ ले। लेकिन उधर जो चल रहा था उसे देखकर मेरे मन में शैतानी सन्तोष का भी तो अनुभव हो रहा था। कहीं सड़क पर चली तो नहीं गई? कुछ लड़कियों के साथ दीदी उस ओर दौड़ गई जहाँ सड़क पर गाड़ियाँ आती-जाती रहती हैं। कहीं कुछ अनहोनी न हो गई हो! दूर से उनका सफेद रंग का फ्रॉक और उनके लम्बे बाल अजीब-से हिलते-डुलते हुए दिखते थे। मुझे कभी भी उनके लम्बे-लहराते बाल अच्छे नहीं लगते थे। वह साँप-जैसा लगता था। बचपन में साँपों के सपने आते रहते थे।

मैं हॉस्टल से कुछ दूरी तक तो अच्छी तरह से देख सकती थी। खूब हलचल होने लगी। मैं पहले से ज्यादा सिकुड़कर झाड़ी के नीचे बैठ गई। थोड़ी देर बाद दीदी वापस आ रही थी रुआँसी होकर। कुछ दिन पहले ही उन्होंने मेरे उस छोटे-से पौधे को यह कहकर मार डाला था कि मैं पढ़ाई नहीं करती, उसके साथ खेलती रहती हूँ। इस बात से भी मैं उनसे नाराज थी। वह पौधा खूब सारे छोटे-छोटे पीले फूलों से लद

गया था। वह किसी चमत्कार से कम नहीं था। सूरज जब उगता, फूलों कें चेहरे भी उस ओर होते, सिर पर होता, तो वह भी मुँह ऊपर किये हुए सूरज को ताकते रहते, डूबने लगता तब वे भी उसी ओर मुड़ जाते और अन्त में कमल की पंखुड़ियों-से बन्द हो जाते। वह मुझे बहुत रहस्यमय लगता था। खूब सोचती रहती उसके बारे में।

मैं उसकी देखभाल खूब करती, पानी देती, बकरी और गाय से बचाती। कुछ लड़कियों ने मेरा साथ देना शुरू कर दिया। उस पौधे को भगवान बनाने में मैंने कोई कसर नहीं छोड़ी थी। कई झूठी कहानियाँ बना-बना कर उन लोगों को मैं सुनाने लगी। धीरे-धीरे हम लोग उसके सामने बैठकर भजन गाने लगे। हालाँकि हमारे समाज और संस्कृति में कहीं भी भजन-कीर्तन की मान्यता अथवा रीति-रिवाज नहीं हैं। गैर आदिवासी लोगों तथा ईसाई लोगों को ऐसा करते देखा था। हमने उनकी नकल करना शुरू कर दिया।

सूरज पूरी तरह डूब गया। मैंने देखा—उधर उस पहाड़ी पर दीदी और उनकी एक सहेली हमारे गाँव की तरफ जल्दी-जल्दी जा रही थीं। दूर से वे बहुत छोटी-छोटी लग रही थीं। मैंने अपनी एक आँख बन्द करके अँगूठा से उनकी लम्बाई नापी। वे मेरे अँगूठे से भी बहुत छोटी थीं—अदना-सा। साँप की तरह आड़ी-तिरछी लेटी हुई पगडंडी। उनमें पड़े छोटे-छोटे सुन्दर कंकड़। अपनी अलमारी को कंकड़ों से भर देती थी मैं। माँ से डाँट खाकर भी उसी को दोहराती रहती। किनारे-किनारे खिलते तरह-तरह के जंगली फूल। धान के पौधों का भ्रम देते-लहराते हरे-पीले और सुनहरे घास के पौधे। उसी पगडंडी पर एक औरत टोकरी में लकड़ी लिये हमारे गाँव की तरफ जा रही थी। उनके बीच कुछ बातें

हुईं। कुछ क्षण बाद तेजी से दीदी और उनकी सहेली इस ओर लौटने लगीं। उसने शायद बता दिया होगा कि मैं उस ओर नहीं गई। उन्होंने मुझे नहीं देखा। मैं सोच रही थी कि वे घर तक पहुँचकर लौट आते तो अच्छा रहता। माँ उनकी अच्छी तरह खबर लेतीं।

हॉस्टल के हर कोने-किनारों को फिर से ढूँढ़ा गया। मैं जिस झाड़ी के नीचे दुबककर बैठी थी, वहाँ कई बार वे आए। मेरे अगल-बगल से वे गुजर जाती थीं लेकिन मुझको ढूँढ़ पाना लोहे के चने चबाने के समान था। दीदी के सुबकने की आवाज सुनाई देने लगी। मुझे उन पर बहुत तरस आने लगा। घर में मैं चुगलखोर थी। कुछ भी हो जाए माँ को चुगली कर दो और दीदी को डाँट या मार खिला दो। जब वह रोती मैं भी उनके साथ रोने लगती। माँ कहती, "इसीलिए तो तू चुगली मत किया कर। तुझे खुद भी उसके साथ रोना पड़ता है।"

अँधेरा बहुत बढ़ने लगा, मैं चाहने लगी कि पकड़ी जाऊँ। कुछ देर बाद मैंने माँ की आवाज सुनी, "कहाँ है मेरी बच्ची? अगर कुछ हुआ न, देख लेना तू!" अब तो मैं चाहने लगी कि कोई मुझे ढूँढ़ ही ले। खुद कैसे उनके सामने आ जाती? अपने इज्जत का खयाल न होता तो कब का कर देती वह भी। बच्ची थी तो क्या हुआ? आत्मसम्मान भी कोई चीज है; उसकी रक्षा में जो कुछ किया जा सके वह करना चाहिए।

एक मेरी सहपाठिन थी—जोराम यारो। मुझसे बड़ी थी। उन दिनों गाँव के अधिकतर बच्चे छोटी कक्षाओं में होते थे जो उनकी उम्र से बहुत कम हुआ करती थी। देर से स्कूल जाने के कारण वे हम लोगों से बड़े होते थे। वह हमेशा मेरी बड़ी आँखों का मजाक उड़ाती रहती थी—"तुम पढ़ाई में तेज हो तो क्या हुआ, तुम्हारी आँखें मिथुन और गाय की आँखों

की तरह बड़ी हैं, बदसूरत और डरावनी हैं। इतनी बड़ी आँखों की क्या जरूरत है?" मैं कुछ नहीं कहती, उसको घूरती रहती थी। तब कहती, "उई माँ, इसकी आँखें बाहर निकलने वाली हैं!" इन्हीं आँखों को लेकर मेरे रोने पर पिताजी कहते थे, "मेरी बच्ची, तेरी आँखें बड़ी हैं ताकि बहुत सारी किताबें तुम पढ़ सको। तुझे तो खुश होना चाहिए न!" मैं उनकी बातों से कभी सन्तुष्ट नहीं होती थी। उनको खूबसूरती के बारे में क्या खाक पता होगा! पुराने लोग जो ठहरे।

हाँ तो मैं उस सहपाठिन की बात कर रही थी। वह हाथ में एक छड़ी पकड़े हुए थी। "कहीं यहाँ तो नहीं, कहीं वहाँ तो नहीं," कहते हुए वह छड़ी इधर-उधर जोर-जोर से झाड़ियों में मार रही थी। उसके पीछे हॉस्टल की सारी लड़कियाँ...और सबसे पीछे मेरी माँ। अँधेरे में वे छाया की तरह दिख रही थीं। मैं दोनों हाथों से सिर को उसकी छड़ी से बचाने की कोशिश करते हुए उन्हीं की तरफ कुछ सरक गई ताकि पकड़ी जाऊँ। धीरे-धीरे मैं उसके घुटनों के सामने आ गई। वह मुझसे टकराकर मुँह के बल गिर पड़ी, "अरे यहाँ है, यहाँ है, गाय की आँखों वाली लड़की।" मेरी माँ के सामने भी वह मेरी आँखों का अपमान कर रही थी। मन करता था एक कसकर उसके चेहरे पर लगा दूँ। मैंने सबके सामने कहा था, "मुझे न...'यापाम' (जंगल की अदृश्य शक्ति) जंगल ले गई थी। उसके साथ मैं बादलों में भी चली गई।" माँ ने हँसते हुए कहा था, "फिर उसे तुम पर दया आ गई होगी और वापस धरती पर भेज दी।"

उस रात माँ हमारे साथ वहीं हॉस्टल में ही सो गईं। उन्होंने कहा था, "दीदी को तकलीफ अगर देना हो तो तुम कीचड़ में खेला कर! अपने पूरे बदन को कीचड़ से सान लेना और फिर देखना उसका क्या

हाल होता है।" वह ठीक कहती थीं। मुझे नहलाना कोई हँसी-खेल नहीं था। एक मग पानी सिर पर डाल दो, मैं दो किलोमीटर भाग जाती थी। पीछे-पीछे दौड़ते हुए, पकड़-पकड़ कर नहलाना...इतना ही नहीं, कान फाड़ देने वाली चिल्लाहट के साथ रोना मेरे लिए भी तो मेहनत का काम होता था। मैं खुद भी नहलाने वाले के साथ थक जाती थी। दीदी कहती थी कि मैं इतना मुँह फाड़कर रोती हूँ कि एक दिन मेरा मुँह भयानक गुफा में बदल जाएगा। हमारी सारी गायें इसमें समा जाएँगी। मैं एकदम से मुँह बन्द करके हूँ-हूँ-हूँ करके रोने लगती। इस क्रिया में मैं अक्सर रोने के पीछे का कारण भूलकर रोने के लिए संघर्ष कर रही होती। आराम से रोने का हक भी किसी झूठ के सहारे छीन लिया जाए तो क्या कीजिएगा!

बचपन सुहावना है, सुन्दर है, यह है, वह है...इसका अहसास तो उस उम्र के गुजर जाने के बाद ही होता है। जल्दी बड़ी होना चाहती थी ताकि कोई मुझ पर धौंस न जमा सके। और आज अपनी बढ़ती उम्र से भागना चाहती हूँ...। इसी भागम-भाग में शरीर लगातार मुझसे भाग रहा है। खैर, बच्चों को खूब खेलने का अवसर मिले। ढेरों स्मृतियाँ बनें, जो जीवन की कड़ी धूप में छाया-सी मुस्कान चेहरे पर ला सकें। मिट्टी की सोंधी महक अब भी आती है। बचपन की स्मृतियाँ जीवन में ताजगी लाती हैं।

तअर पोख

हमारा घर सड़क के किनारे था। सड़क ही हमारे खेल का मैदान थी— काली, चमकीली, जवान, आड़ी-तिरछी, लेटी हुई और हमेशा साफ-सुथरी। वहीं पर हम लोग अक्सर ग्रिफ के मजदूरों को आते-जाते देखा करते थे। वे कभी लोहे के ट्रक के डाला पर खड़े होकर, कभी पैदल चलते हुए दिख जाते थे। कई बार सड़क पर दौड़ते ट्रक को हाथ हिलाकर रोकते थे। न रुकने पर गुस्से में कहते थे, "सड़क हम बनाते हैं और हमें ही अपनी गाड़ियों में चढ़ने नहीं देना चाहते...थू!" एक बार बस वालों से भी उन्हें यही कहते सुना था मैंने।

हर दिन सड़क निर्माण के कार्यों में ही लगे रहते थे। उसका रख-रखाव भी वे बखूबी करते थे। सुबह के दस बजे नीले रंग वाले ग्रिफ का एक ट्रक नीचे की तरफ से रोज आता था। सामान्य ट्रक की तरह नहीं था वह। उसका अगला हिस्सा कटा हुआ सा होता था। हम लोग उसे देखते ही खुशी से कूद-कूद कर चिल्लाने लगते, "नाब्तंग बतंग गारी

चायकू, चायकू" अर्थात 'आधा मुँह वाली बतंग नामक गाड़ी लौटकर आ रही है, आ रही है।' उस गाड़ी का आना इस बात का सूचक था कि कुछ ही समय बाद नीले रंग की लम्बी-सी सरकारी बस आने वाली हैं; जिसे देखते ही हम लोगों को दिन का भोजन करने अपने-अपने घर दौड़कर जाना है।

एक दुबला-पतला, काला और कमजोर-सा दिखने वाला आदमी, कंधे पर एक मोटा डंडा रखे—उसके दोनों छोरों पर सफेद रंग के टिफिन लटकाए, अपने शरीर का सन्तुलन बनाते हुए सड़क पर रविवार के अलावा रोज चला करता था। यह बाकी के मजदूरों का भोजन पहुँचाने का काम करता था। टिफिन एक-दूसरे से टकराकर टिन-टिन-टिन की आवाजें निकालते। बिना देखे ही सबको पता चल जाता था कि वही आदमी जा रहा है। उससे हम बच्चों को कभी डर नहीं लगता था। सुनसान सड़क पर भी कभी अकेला मिल जाता, लेकिन वह सड़क पर ही नजरें गड़ाए चलता रहता था। तब पता नहीं था कि वे लोग उत्तर-पूर्वीय आदिवासियों से देखने में भिन्न परन्तु अन्य राज्य से आए हम जैसे आदिवासी ही थे।

हमारे घर पर लोगों का आना-जाना लगा रहता था। सरकारी अफसर से लेकर कई तरह के लोग आते रहते थे। पिताजी से मैंने बहुत बार इस वाक्य को कहते सुना था, "आप लोगों को कोई तकलीफ न हो।" इसके आगे वह और कुछ न कहकर ठहाके लगाकर हँस पड़ते थे। पता नहीं उन्होंने कहाँ से इसे सीख लिया था। वे लयात्मक ढंग से इसे कहते थे। उनके कारण मैं भी जब-तब बुदबुदाकर इसे दोहराने लगी।

हमारे गाँव में पाँच 'गाँव-बूढ़ा' थे, पिताजी 'हेड गाँव-बूढ़ा'। जवान लोग भी गाँव-बूढ़ा बन जाते हैं तो उन्हें भी इसी शब्द से ही सम्बोधित

किया जाता है। वे स्थानीय पारम्परिक न्याय-व्यवस्था को बनाए रखने वाले लोग होते हैं। यह न्याय-व्यवस्था हमारे पुरखों द्वारा निर्मित है, लेकिन अंग्रेजों ने इसे और मजबूत बनाने के लिए नाम दिया—गाँव-बूढ़ा। इन्हें पहनने के लिए लाल-कोट दिया गया। यह लोग सरकार द्वारा नियुक्त होने लगे। ये आम जनता और सरकार के बीच सेतु का काम करते हैं। इससे पुरखों के बनाए स्थानीय कानून व्यवस्था भी बनी रहती है, और सरकार से भी समाज जुड़ा रहता है।

स्कूल की छुट्टियाँ चल रही थीं। एक शाम कुछ लोग हमारे घर आए। बाहर बरामदे में ही बैठकर बातें कर रहे थे। वे ग्रिफ के अफसर थे। गोरे-चिट्टे, मोटे-तगड़े लोग थे। हमारे गाँव से कुछ ही दूरी पर उनका कैम्प था, जो आज भी है। कभी-कभी ये लोग गाँव में साग-सब्जियाँ खरीदने आया करते थे। गाँव की युवा लड़कियों को इन लोगों से डरते देखा था। लेकिन वे मजदूरों से दोस्ती करती थीं। मजदूर उनको रोटियाँ बनाकर देते, और वे उनको ताजी सब्जियाँ। मेरी छोटी माँ की भी एक मजदूरिन सहेली थीं। वह हमारे घर भी आती थीं। घर वालों को रोटियाँ सेंकना सिखातीं। माँ मित्रु, मित्रु कहकर उनको खूब सारी ताजी सब्जियाँ दिया करतीं। मेरे पिताजी को रोटी खाने का चस्का शायद उन्होंने ही लगाया होगा।

बच्चों के साथ छेड़छाड़ की घटनाएँ बड़ी लड़कियों के साथ छेड़छाड़ की घटनाओं से कम नहीं होतीं। चूँकि बड़ी लड़कियाँ अपने लिए लड़ भी लेती हैं; उनकी प्रतिक्रिया के डर से पुरुष थोड़ा सतर्क रहते होंगे। बच्चों के साथ कितना कुछ होता है! वे बताना भूल जाते हैं, या बता नहीं पाते।

उस शाम मैं और मेरी एक चचेरी बहन घर के बाहर खेल रही थीं। एक आदमी मेरी तरफ लगातार घूर रहा था। उसकी आँखें बकरी की आँखों की तरह थीं; नीली और बड़ी-बड़ी। मुझे ज़रा भी अच्छा नहीं लग रहा था। हमारे घर में दो दरवाजे होते थे। घर पर लोग अपनी-अपनी बातों में मशगूल थे। क्योंकि हमारे माता-पिता के चूल्हे पर वही ग्रिफ के लोग थे। हम सारी बहनें दादाजी के चूल्हे को घेरकर बैठ गए। मुझे पेशाब लगी। मैं पीछे वाले दरवाजे से बाहर निकली। अचानक पीछे से किसी ने मेरे मुँह को अपने एक हाथ से बन्द कर दिया! उसका दूसरा हाथ मेरे शरीर पर फिसलने लगा। अँधेरा था, मैं देख नहीं पाई उसका चेहरा, लेकिन यकीन था यह वही बकरी की आँखों वाला आदमी ही था। दम घुट रहा था मेरा। बेहद घिनौना था वह! उसकी बाजुओं से मार डालने वाली बदबू आ रही थी।

इस तरफ के द्वार को 'बातुंग' कहा जाता है। यहाँ के बरामदे में धान कूटने में काम आने वाली सारी सामग्रियाँ रहा करती हैं। यह स्थान अक्सर घरेलू कार्यों में इस्तेमाल होता है। मेहमानों का आना-जाना इस तरफ बहुत ही कम होता है। धान कूटने की लकड़ी (डंडा) यहाँ रखी रहती हैं। मैंने अपने दोनों पैरों को बदल-बदल कर उन डंडों की तरफ जहाँ-तहाँ पाँव मारना शुरू कर दिया। धड़ाम से एक मोटा डंडा गिर गया। उस हैवान की पकड़ ढीली हुई। कुछ लोग बाहर आ गए। हवा की वेग से वह आदमी नीचे कूद गया। मैं खूब रोने लगी। सबने पूछा क्या हुआ? मैंने सब कुछ बता दिया। अजीब बात थी, किसी ने भी मेरा विश्वास ही नहीं किया। दादाजी के चूल्हे को घेरकर अब भी वे हँसी-ठिठोली कर रहे थे। मैं भी थोड़ी देर बैठी रही उनके साथ। मन विचलित था। पिताजी

के पास दौड़कर गई। वह आदमी वहीं पर बैठकर दारू पी रहा था। मैंने उसकी तरफ उँगली करके पिताजी से कहा, "आबू, आबू, इस आदमी ने मुझे खूब चूमा!" पिताजी हँसने लगे, "अरे बच्ची हो, बहुत प्यारी हो। कोई भी चूमेगा! बच्चे प्यारे लगते हैं न।"

लेकिन उसका चूमना बेहद घिनौना था। छोटे-से-छोटे बच्चे को भी वह कतई अच्छा नहीं लगता। सारे लोग हँस रहे थे। उस आदमी का खी-खी-खी करके हँसना मुझे चुभ रहा था। मैंने अपनी माँ को भी उनके साथ हँसते देखा। यह मेरे दिल पर गहरा बैठ गया।

एक दिन हम लोग सड़क पर खेल रहे थे। एक गाड़ी हमारे घर के सामने आकर रुकी। एक आदमी का चेहरा खिड़की से बाहर झाँकने लगा। मेरी मुट्ठियाँ भिंच गईं; यह तो वही आदमी था। उसने मुझे एक उँगली से अपनी तरफ आने का इशारा किया। मेरा क्रोध अपनी चरम पर उबल रहा था। मैं उसके नजदीक आई। उसको घूरकर देखा। उसने कहा, "घूरती क्या हो जानेमन? उफ, मैं तो डर गई! चल, जा बागान से सब्जी लेकर आ।" उसने दस रुपये मेरे हाथ में थमा दिये। मैंने मन-ही-मन उसके चेहरे पर थूका।

मैंने पहले ही अपनी सहेलियों को उस घटना के बारे में सब-कुछ बता दिया था। हमउम्र बच्चे ही एक-दूसरे का दर्द समझ सकते हैं। वे जल्दी ही समझ गए। माँ कहती थीं, "नुल पासपाई ग पाचाम मना, बेकुली ग सोचाम मना," अर्थात तुम बच्चे साथ-साथ उगने वाले पास-पाई घास हो, झुंडों में खेलने-उड़ने वाली बेकुली नामक छोटी चिड़ियाँ हो। हमारे घर पर सब लोग दिनभर जमा होकर खेलते रहते थे। माँ कभी उनसे नाराज नहीं होती थीं। बागान में हम सब लोग गए। हमने एक पौधा

तोड़ा—'पोस्पोई'। यह त्वचा में लग जाए तो देर तक खुजली और जलन होती रहती है। साथ ही एक और पौधा तोड़ा—'पौधरीत'। यह त्वचा में लग जाए तो त्वचा फूल जाती है। हमने सबसे कड़क दिखने वाले पत्तों को सावधानी से 'मस्साप' (चिमटा) और दाव की मदद से तोड़ा। उसके चारों तरफ 'लाईपत्ते' की सब्जी को लपेट दिया। दस रुपये को फाड़कर टुकड़े किए और एक छोटी डंडी की मदद से उसे सब्जी के भीतर घुसा दिया। बकरी की आँखों वाला आदमी उसे लेकर चला गया।

दूसरे दिन किसी को कहते सुना था, "अरे शरारती लड़कियों ने पोस्पोई और पौधरीत को धोखे से सब्जी बनाकर ग्रिफ अफसर के हाथ बेच दिया! बेचारे की हालत खराब थी, उसके नाक-मुँह और कान फूल गए, 'तअर पोख' जैसा लग रहा था। शायद उसने उन पत्तों को सूँघने की कोशिश की होगी। सोचा होगा यह कौन-सी सब्जी है!"

'तअर पोख' एक प्रकार का मेढक होता है—जिसकी त्वचा फोड़े-फुंसियों जैसी ऊबड़-खाबड़ होती है। यह देखने में घिनौना लगता है।

मैं सोच रही थी कि उस राक्षस का कान किस तरह फूल गया होगा? कैसे? सूँघा तो नाक से जाता है...खैर, वह आदमी इसके बाद हमारे गाँव में कभी नहीं दिखाई दिया। लेकिन यह घटना मेरे जेहन में इस कदर घर कर गई कि मैं आठवीं कक्षा तक हिन्दी बोलने वाले पुरुषों से डरती रही। लेकिन समय सब कुछ ठीक कर देता है। मैं धीरे-धीरे सामान्य होती गई।

चिड़िया का वह बच्चा

हमारे घर में 'युल्लो उई' की तैयारी चल रही थी। यह पूरे खानदान के अच्छे स्वास्थ्य, धनधान्य, अच्छे भविष्य तथा बुरी नजर से बचाव के लिए किया जाता है। उस दिन खूब चहल-पहल थी। तीन-तीन, चार-चार न्यूब (पुजारी) और उनके सहायक पुजारी, इसके अलावा वेदी निर्माण के लिए कई लोग मौजूद थे। सारे गाँव वाले भी ऐसे समय में अपनी मौजूदगी दर्ज कराते हैं। मेरे सबसे बड़े भाई ने उस दिन न जाने कहाँ से भूरे रंग की चिड़िया का एक बच्चा लाकर मेरे हाथों में थमा दिया। उसे देखकर मुझे बहुत दुख हुआ। उसकी माँ उसे ढूँढ़ती होगी। भैया ने कुछ कीड़े मेरे हाथ में देते हुए कहा, "लो खिलाओ इसको।" बहुत प्रयत्न करने पर भी वह खाने को तैयार नहीं थी। घर के सारे कुत्तों की नजर उस नन्ही चिड़िया पर थी। मैं रात भर सोई ही नहीं। उसका खयाल रखती रही। बीच-बीच में वह फुदक-फुदक कर कुछ दूर चली जाती।

दूसरे दिन बलि के लिए मिथुन, सूअर, मुर्गियाँ और न जाने क्या-क्या...रस्सियों से बँधे घर के बाहर आँगन में खड़े थे। जब किसी निरीह जानवर को वेदी में बाँधकर तेज धार वाली कुल्हाड़ी से उसके गले को शरीर से अलग कर दिया जाता है—महीनों वह दृश्य मेरी स्मृति में छाया रहता। बार-बार तड़पते-छटपटाते हुए धम्म से जमीन पर गिरता हुआ लहूलुहान पशु दिखता रहता। बलि के वक्त मैं अपनी आँखें बन्द कर लेती थी। जानवरों की पुकार तब भी सुनाई पड़ती थी। कुछ क्षण बाद वे शान्त हो गए होते। उनके लिए कुछ भी नहीं कर पाने का दर्द आज भी होता है। लेकिन जब ध्यान से देखती हूँ तो पाती हूँ—भले यह प्रथा हिंसक लगे, लेकिन इसी प्रथा के कारण गाँव वाले मांस अधिक नहीं खाते। साल-दो साल या फिर कई सालों में एक बार ही 'उईयु' को बलि अर्पित की जाती है। वर्तमान में तो लोग हर दिन पशुओं की हत्या करते हैं, हर दिन क्या, दिन में तीन-चार बार भी मीट खाते हैं।

माइकल पोल्लेन की किताब 'कुक्ड' (cooked) का खयाल आता है। वह लिखते हैं, "जानवर के मांस के बारे में सोचने पर अच्छा महसूस हो, इसके लिए जानवरों की बलि चढ़ाना एक तरीका था। लोगों द्वारा उनकी हत्या करने, पकाने और फिर खाने में बुरा न महसूस हो, इसमें बलि चढ़ाने की प्रथा से मदद मिलती थी। यह कहीं से भी किसी क्षणिक, आध्यात्मिक और गहरे द्वंद्व से भरे अवसर से कम नहीं था। शायद यही कारण रहा होगा कि हत्या करना, काटना और पकाना यह सारे काम पुजारी द्वारा किए जाते थे; ये सभी सामान्य महत्त्व के काम थे। आजकल हम बलि चढ़ाने की प्रथा को आदिम संस्कार मानते हैं, और इसकी बुनियादी समझ की हँसी उड़ाते हैं। लेकिन खाने के पहले

ऐसे अनुष्ठान करने वाले समाज कम-से-कम यह तो स्वीकार करते थे कि कुछ महत्त्वपूर्ण होने जा रहा है, जो उसकी तवज्जो चाहता है। अगर हम मांस खाने के पहले इस तरह की तवज्जो नहीं देते तो इसका यह अर्थ कतई नहीं है कि बलि जैसा कुछ महत्त्वपूर्ण घटित नहीं हुआ। आपको इस बात पर आश्चर्य होना चाहिए कि यहाँ पर वास्तव में किसका किरदार ज्यादा आदिम है? हमारी प्लेट में मांस कैसे आता है इस पर पूरी प्रक्रिया से अनजान बने रहने के कारण ही हम अपने पूर्वजों से अधिक मांस खाते हैं।"

हमारा आदिवासी समाज प्रकृति को अपना परिवार मानता है। किसी समय शिकार पर जीवन निर्भर था। ऐसे में पशु मांस अनिवार्य और आदत बन जाती है। इससे कहीं-न-कहीं पछतावा, पश्चात्ताप या ग्लानि रही होगी। ऐसे में आध्यात्मिक ढंग से मांस का उपयोग करना उचित लगा होगा—यही बलि प्रथा कहलाई। प्रकृति सब कुछ देती है। हमारी साँसें तक उसकी हैं। मनुष्य उस पर आश्रित है। यह भी कारण रहा होगा कि हम वापसी में अपने किसी प्रिय पशु की बलि चढ़ाएँ, धन्यवाद दें और देने का भाव भी बना रहे। इस देने के भाव में मनुष्य का अपना अहं भी है। इससे यह भाव आता है कि हम मुफ्त में नहीं ले रहे, लेन-देन कर रहे हैं।

खैर, तीसरे दिन पूजा सम्पन्न हुई। इस वक्त गाँव वालों को कुछ रिवाजों का पालन करना अति आवश्यक होता है, वरना कुछ भी अनहोनी होने की आशंका होती है। लोग अक्सर इस समय बहुत ही सावधानी बरतते हैं। तीन दिन तक घर से बाहर नहीं निकलते। साबुन इत्यादि गंध वाली बाजारू चीजों का इस्तेमाल करने की भी मनाही होती है। इसमें जोर से नहीं बोलना और न चिल्लाना भी शामिल है। उईयु अर्थात प्रकृति

की अदृश्य शक्तियाँ और अतृप्त मृत आत्माएँ इस वक्त चहलकदमी करती हैं। मिट्टी खोदने का काम सख्त मना है। कुछ दिनों तक जंगली फलों का सेवन नहीं करना; नहीं तो गले में बहुत बड़ा फलनुमा आकार निकल आएगा।

अचानक पुजारी जी की नजर उस नन्ही चिड़िया पर पड़ी। उन्होंने कहा, "चिड़िया जंगली होती है। वह घर पर हरगिज नहीं रह सकती। वह तो न्योरो तानी (जंगली प्राणी) है, जंगल ही उसका घर है।"

फैसला हुआ—उड़ा दो और जंगल वापस जाने दो। वह कैसे उड़ेगी? अभी तो उसे उड़ना ही नहीं आता। कुत्ते खा जाएँगे। मेरी हालत बहुत ही खराब होने लगी। घर में उसे रहने देती हूँ तो यह रिवाज के विपरीत था। पूजा में आशीर्वाद देने आए उईयु नाराज होकर मेरे साथ कुछ भी कर सकते थे। मैंने उसे गोदाम के नीचे घास में छिपा दिया। भैया दबे पाँव पीछे-पीछे आए और उन्होंने खूब रोने और मना करने के बावजूद उस मासूम को मेरे हाथ से छीन लिया। उसे वह भूनकर खा गए। क्यों खाया उन्होंने उसे? मुझे वही चाहिए, वही चाहिए, वही चाहिए। बहुत देर तक रोई मैं। माँ ने बहुत मनाने की कोशिश की। मैंने गुस्से में कहा था, "अच्छा है मर ही जाऊँ! कम-से-कम स्कूल से भी तो छूट जाऊँगी। और इन हत्यारों के साथ रहना भी नहीं पड़ेगा।" माँ ने कहा, "लेकिन मरने के बाद उईयु के यहाँ भी तुझे स्कूल जाना पड़ेगा न। सुना है वहाँ तो कदम-कदम पर एक-एक स्कूल होता है। वे भी मार-मार कर अपने बच्चों को स्कूल भेजते हैं!" मैंने घुटन-सी महसूस की।

बच्चों के लिए कहीं भी कोई जगह नहीं होती। पूजा सम्पन्न होने के दूसरे दिन—मुझे याद नहीं कि उस दिन घर पर कौन-कौन थे...वे

क्या-क्या कर रहे थे। इतना ही याद है—बहुत लोग थे घर पर। मैंने बड़ी सावधानी से लतुप (स्टोर रूम) में रखा एक छोटा फावड़ा उठाया। दबे पाँव बाहर निकल गई। यह रूम दरवाजे के बाहर सीलिंग में बना होता था। यहाँ लकड़ी, टोकरी, कुल्हाड़ी इत्यादि रखे रहते थे। सबसे आँख बचाकर निकलना कोई हँसी-खेल नहीं था। वह भी तब जब माँ की आँखें हर वक्त मुझ पर हों। छोटे बच्चों का खास खयाल रखा जाता है उस वक्त। बच्चों पर आत्माओं का हमला आसानी से होता है। बुरी आत्माएँ ऐसे समय में अतिरिक्त सक्रिय हो जाती हैं।

हमारा गाँव पहाड़ी है। पहाड़ों पर पहाड़ होता है। न्यीशी घर इनमें रेल के कटे हुए डिब्बों के मानिंद इधर-उधर बने हुए होते हैं। ये पास-पास नहीं बनाए जाते। इसी कारण मात्र पाँच-दस घर ही एक बड़े पहाड़ी इलाके को कब्जा कर लेते हैं। इन्हीं घरों में बहुत सारे परिवार रहते हैं। एक छोटा-सा टीला था—न्योकुम पूतुंग। आज वह टीला नहीं के बराबर है। उसको काट-काट कर इतना छोटा कर दिया गया है कि शायद अगले साल तक उसकी चोटी पर भविष्य के खतरे से अनजान वह नाशपाती का पेड़ भी नहीं रहेगा। नेशनल हाइवे वहाँ से जाएगा। हम बच्चों के छोटे-छोटे कदम अब भी वहीं पर हैं। किसी दिन के सन्नाटे में उसकी चोटी पर बैठकर दूर तक फैले शिवलिंगों से पंक्तियों में खड़े छोटे-छोटे पहाड़ों के टीलों को देखती हूँ। कोलाहल से दूर। आड़ी-तिरछी रेंगती-दौड़ती सी सड़कें। कई गाँव, घर, धान का खेत—जहाँ पानी चाँदी-सा चमक रहा होता है। बहुत कुछ दिखता है यहाँ से। मैं अतीत में लौट जाती हूँ। माँ का स्पर्श और उनकी आवाज सुनाई देने लगती है, "इन्द्रधनुष की तरफ उँगली मत करना...।"

ऐसा नहीं है कि मैं इसी स्थान पर फिर से रहना चाहती हूँ; लेकिन इसका हर कोना मेरे होने में सदा मौजूद होता है। अवचेतन में मैं यहीं रहती हूँ। माँ, पिताजी, बागान में बना हमारा गोदाम, यह छोटा-सा टीला और इसकी ठीक चोटी पर एक बिजली का खम्भा, खम्भे के ठीक सामने वाला नाशपाती का पेड़, चाँदनी रात में इसके चारों तरफ गोल-गोल भागम-भाग, छुपन-छुपाई खेलते हुए हम बच्चे। सारे लोग वैसे के वैसे ही मिलते हैं। देश मतलब मेरे लिए जन्म-स्थान है। घूम-फिरकर इसी में वापस लौट आती हूँ। इसकी स्मृतियाँ कभी फीकी नहीं पड़तीं।

उस दिन इसी चोटी पर मैं उस फावड़े को लेकर आई थी। दिल बहुत जोर-जोर से धड़क रहा था। जान हथेली पे लेकर आई थी। कोई भी नहीं था वहाँ। पड़ोस के लोग भी अपने-अपने घरों के भीतर थे। बीच-बीच में एक-दो गाड़ियाँ आना-जाना कर रही थीं। वे हमारे गाँव की नहीं किन्हीं दूसरी जगहों से आ-जा रही थीं। मैंने आँखें बन्द करके कहा, "उईयु! मुझे तुमसे डर लगता है। लेकिन देखना चाहती हूँ तुम सच में क्या कर सकते हो? आओ! मुझे मार के देखो। देखो-देखो मैं इस फावड़े से धरती को कैसे चीरती हूँ।" मैंने ताबड़तोड़ जमीन पर फावड़ा चलाना शुरू कर दिया। सामने का बूढ़ा-सा नाशपाती का पेड़। उसमें अभी श्वेत फूल खिल गए थे। फलों से लदे होते तो शायद और अच्छा होता। मतलब ज्यादा चुनौतीपूर्ण होता। क्योंकि कहा गया था कि इस पूजा के वक्त कुछ दिनों तक फल नहीं खाना है, वरना गले में बड़ा-सा फलनुमा आकृति निकल आएगी। जीवनभर उसे अपने गले में लटकाए घूमना पड़ेगा।

गलगंड वाली औरतों को मैंने देखा भी था। उन्हें देखकर दया-सी आती भी थी। खैर, इसके बाद मैं तेजी से दौड़कर उसकी झुकी हुई लता

से फूलों को तोड़-तोड़ कर खाने लगी। इसके बाद फावड़ा वहीं छोड़कर तेजी से भागी घर की ओर। डर के मारे पाँव थर-थर काँप रहे थे। रजाई में दुबककर मौत का इन्तजार करने लगी। मुझे पता ही नहीं चला उस डर की स्थिति में भी मैं कैसे सो सकी थी। माँ ने जब उठाया तो मैंने हड़बड़ाकर कहा था, "क्या मैं सच में जिन्दा हूँ?"

माँ को कभी नहीं बताया कि मैंने क्या किया था उस दिन। इच्छा भी कभी जगी नहीं। फिलहाल कई दिनों तक अपनी मौत का इन्तजार किया। वह आई नहीं। मेरे गले में कोई बदसूरत गलगंड नहीं निकला। लेकिन कई सालों तक इसका भय तो बना ही रहा। धीरे-धीरे यह भी धुँधला पड़ता गया और मैं बड़ी होती गई। सूरज हर दिन निकलकर चला जाता है। मैं फिर भी जिन्दा हूँ।

उस एक घटना ने मेरे भीतर निर्भीकता का संचार किया था। एक प्रकार की जीत का अहसास हुआ था। आज भी यह मुझको लड़ने की ताकत देती है। यह कोई बड़ी घटना नहीं थी, लेकिन उस स्थिति में मेरे लिए बेहद चुनौतीपूर्ण थी। जीते-जी जिन्दा होने का अहसास देती है यह। समाज में कुछ बदले न बदले, अपने भीतर कुछ-न-कुछ परिवर्तन तो अवश्य होता ही है।

मूक रिश्ते

मेरे आबू की जब मृत्यु हुई, उस वक्त मेरी समझ बहुत ही कम थी। लेकिन वह मेरी यादों में हमेशा ताजगी बनकर रहते हैं! मेरी नन्ही आँखों ने जो देखा और उनके स्नेहसिक्त हाथों के स्पर्श को महसूस किया; उनमें सर्दियों की नर्म धूप, गर्मियों में हौले-हौले बहती ठंडी हवा की छुअन रहती है। वह मुझे किसी गुनगुनाहट पैदा करने वाली कविता से कम नहीं लगती।

जोराम गाँव के आसपास का जंगल अन्य क्षेत्रों के जंगलों से बहुत कुछ भिन्न है। यहाँ का जंगल अधिक घना नहीं होता। वृक्षों के नीचे अक्सर लम्बी-लम्बी, बड़ी-बड़ी झाड़ियाँ नहीं उगा करतीं। इस कारण यहाँ खतरनाक जंगली जानवर नहीं पाए जाते। इससे लोगों के मवेशी बच जाते हैं। छोटे-छोटे सुन्दर आकारों वाले पेड़-पौधे यहाँ-वहाँ डोलते फिरते, झूमते-गाते से प्रतीत होते हैं। वे कतारों में इस तरह खड़े रहते हैं—मानो किसी ने उन्हें मनोयोग से सजाया हो। अद्‌भुत दिखते हैं। हम दूर-दूर तक

जंगलों के भीतरी हिस्सों को देख सकते हैं। पशुओं को ढूँढ़ने-तलाशने में खास दिक्कत नहीं होती यहाँ। जमीन पर अनगिनत सूखे पत्ते बिखरे रहते हैं। इनमें पाँव रखकर चलो, तो जो ध्वनि उत्पन्न होती है; उसे सुनकर आनन्द से भरकर हृदय नाच उठता है। बारिश में इनमें जब बूँदें पड़ती हैं, तो एक संगीतपूर्ण वातावरण पैदा हो जाता है। बादल जब छा जाता है तब यह बहुत ही रहस्यमयी लगता है। पेड़ों के हरे पत्ते उनमें छिप जाते हैं, लेकिन उनके काले रंग के छालों वाले तने दिखते रहते हैं—जैसे बिना सिर वाले प्राणी। इसका विचित्र सौन्दर्य अद्भुत दिखता है। इधर-उधर मुँह मारते काले-काले अनेक जोंक। भय भीतर उतर आता है। डरावना, लेकिन बहुत ही शान्त। पंछियों की अलग-अलग आवाजें—जैसे कोई ताल दे रहा हो। यह जंगल का गीत है—नीरवता का गीत। जीवन ऐसा ही गीत गा रहा है—निरन्तर।

एक बहुत ही मजेदार छोटी-सी चिड़िया इस डाल से उस डाल फुदकती रहती है। विचित्र आवाजें निकालती है—"ओआन, टू, त्री, फॉर, बतंग चुप-चुप गाप-गाप, ओआन, टू, त्री, फॉर बतंग चुपचुप गाप-गाप।" इसी को दोहराती रहती है दिन भर। बीच-बीच में हाहाहा करके हँसती भी है। पिताजी कहते थे, "निर्दयी और मूर्ख लोग इनको मारकर खा जाते हैं। उन्हें इन पर दया ही नहीं आती। देखो कितना अंग्रेजी बोलना जानती हैं ये।" मुझे भी इन चिड़ियों की अंग्रेजी ज्ञान पर बहुत ही आश्चर्य होता था।

एक और चिड़िया थी, दिनभर गाती थी—"ही चो-चो ही, ही चो-चो ही।" 'ही' को वह बहुत लम्बा खींचती थी। इस चिड़िया का जब भी खयाल आता है, उसके साथ एक छोटे आकार वाला पेड़ भी

जरूर आता है—हरे रंग ने मानो हल्का पीलापन ओढ़ लिया हो। हर साल ये नन्हे-नन्हे फलों से लद जाते हैं। इसे खाते नहीं थे, न ही यह पेड़ लकड़ी के अलावा किसी काम आते थे। लेकिन यह मुझे बहुत ही आकर्षक लगते थे। 'ही चो-चो ही' कहते हुए वह चिड़िया अक्सर इन्हीं पेड़ों पर फुदकती रहती थी।

जोराम गाँव के लोग चिड़ियों का शिकार नहीं करते थे। शायद इसे जंगल जानता था, इसीलिए तो भिन्न-भिन्न प्रकार की चिड़ियों का यह सुरक्षित और मनपसन्द स्थान था। वे बेखौफ होकर घरों तक में उड़-उड़ कर आया करती थीं। लोगों को खेतीबारी से फुर्सत भी तो नहीं मिलती थी शिकार के लिए। पहाड़ी इलाकों में खेतों तक पहुँचना ही बहुत मेहनत का काम होता है। प्रात: सूर्योदय से पहले घर के आसपास के बागान में काम करो। सूर्योदय के बाद खा-पीकर दूर खेतों को निकल जाओ। शाम यदि जल्दी लौट आए तो फिर से बागान के काम में लग जाओ। इसी को लोग हर दिन दोहराते रहते थे। इसी चक्कर में गोल-गोल घूमते हुए लोगों को मर जाते हुए देखा। नब्बे प्रतिशत लोगों का जीवन यहीं तक सीमित था।

यहाँ छोटे-छोटे टीलेनुमा पहाड़ अधिक होते हैं। ये कतारों में खड़े शिवलिंगों के मानिंद दिखते हैं। इनमें एक प्रकार की घास मानो हवा में लहराती रहती है—लम्बी, पतली और बीच-बीच में अनेक गाँठें लिये। इसे स्थानीय बोली में 'तापुक' कहा जाता है। यह धान के पौधों जैसी दिखती है। जो लोग पहली बार यहाँ आते हैं, उन्हें अक्सर चौंककर यह कहते सुना है, "इतना सारा धान! देश-भर में सप्लाई किया जा सकता है।" इन्हीं घासों को देख मेरे आबू बेहद प्रसन्न हो जाते थे।

दुपहर में जब कभी हम घर पर होते, गाँव शान्त होता; वह तन्मय होकर अक्सर इस गीत को गाने लग जाते थे। सुर लम्बा तानते हुए अपनी सुरीली आवाज से मानो दूर किसी बेहद अपने को पुकार रहे हों—

हिन्त लो पोपी रिंगा लो
बिन्यी लो पोबा रिंगा लो
हिन्त पोपी रिंग बा पोबा रिंग
सोली आईकु...

गीत का अर्थ है—'हिन्त (मिथुन) के पूँछ, बिन्यी (स्त्रियों) के लहराते बाल और यह लहलहाती घास एक हैं। एक के न रहने पर दूसरा नहीं रह सकता। इनका आपसी जुड़ाव कितना अनोखा है। इसी से ये सुन्दर दिखते हैं। यही घास ही हम मनुष्य के सिर पर केश बनकर उग आती है। कन्धों पर झूलती-लहराती रहती है। इन्हें कोई एक-दूसरे से अलग न करे।'

कोई नहीं जानता इस गीत का रचयिता कौन है। उनको वह आँखें प्राप्त थीं, जिससे उन्होंने जड़ और चेतन दोनों के अद्वैत दृश्य को देख लिया था। करुणा और प्रेम किसी दिन मस्ती में आकर हमारे उस पूर्वज के गले से गीत बनकर बह निकला होगा। आबू के केश बहुत लम्बे थे। उन्हें वह अपने मस्तक पर जटा बनाकर रखते थे। हमारे समाज में पुरुष केशों को लम्बा ही रखते थे। आज भी इस लहराती हरी घास को देखती हूँ, तो लगता है जैसे वह अब भी इनमें जिन्दा हैं।

एक पशु है जिसे मिथुन कहा जाता है। यह जंगलों में ही पाला जाता है। समय-समय पर इनके मालिक जंगल जाते हैं। इनकी कुशलता

का पता करते रहते हैं। यह गाय नहीं है। इसका अपना स्वत्रंत्र रूप-रंग होता है। एक बार राजनीति के गन्दे खेल खेलने वालों ने इसे गाय कहकर उपद्रव मचाने का भरसक प्रयास किया था। उससे यह गाय में बदल तो नहीं गया; लेकिन अरुणाचल की राजनीति में जबरदस्त भूचाल आ गया था। बीजेपी की सरकार थी। उन्होंने यहाँ राष्ट्रपति शासन तक लगा दिया। दरअसल विरोधी दल के एक नेता के कुछ समर्थकों ने राजभवन के बाहर अपना विरोध-प्रदर्शन करना प्रारम्भ कर दिया था। उन लोगों ने वहीं पर एक मिथुन को मार गिराया और जलाकर खा गए। सरकार कहने लगी कि उन लोगों ने गाय को काटकर खाई। गो-हत्या हुई।

हमारे घर में कई कुत्ते थे, जिनमें बेदंग और बोगा सबसे अलग थे। ये दोनों आबू के खासम-खास थे। वे जब भोजन करते, सारे कुत्ते उनके अगल-बगल चुपचाप बैठ जाते। सबकी आँखें इस तरह चमकती थीं मानो कोई छोटी-छोटी झीलें हों। उस वक्त वे बहुत ही मजेदार लगते थे। कभी-कभी बिजली चली जाती, तब मुझे भी उन्हीं की बिरादरी का समझकर मेरी छोटी माँ (मेरे पिताजी की दूसरी बीवी) मुझसे टकराकर गिर पड़ती थीं; क्योंकि मैं अक्सर उन्हीं के आसपास ही बैठ जाया करती थी।

हम लोग डायनिंग टेबल का उपयोग नहीं करते थे। भोजन के वक्त आबू का हाथ थाली पर होता, कुत्तों की आँखें भी वहीं होतीं। जब वह निवाला अपने मुँह में डालते, तो उनकी आँखें भी आबू के मुँह पर टिक जातीं। बैडमिंटन के खेल का आनन्द लेते लोग अपने सिर को जिस तरह दाएँ-बाएँ हिलाते रहते हैं—उसी को ये कुत्ते ऊपर-नीचे, ऊपर-नीचे करते थे। वे बहुत ही अनुशासित थे। कभी भी अपनी एक निश्चित सीमा—जिन्हें

आबू ने तय कर रखा था—को तोड़ते नहीं थे। जब तक उन्हें खाने को नहीं दिया जाता, तब तक वे वहीं बैठे रहते। इधर-उधर मुँह नहीं मारते थे। आबू बीच में ही उठकर अपनी थाली का पूरा खाना उनको दे देते। कभी-कभी अम्मा इतना नाराज हो जाती थीं कि उनको खिसियाकर सफाई देनी पड़ती थी, "अरे, वे आग्रह भरे नेत्रों से देख रहे हैं, खाया नहीं जाता मुझसे। पहले इनको खिला लेना चाहिए था न तुम्हें।" अम्मा कहतीं, "कितना भी खिला लो, इनका पेट भरता ही नहीं है। खा लेने के बावजूद भी ये तुम्हारे सामने ऐसा ही करते रहते हैं।"

कुत्तों को उनकी बातों से कोई फर्क नहीं पड़ता था। वे लगातार सिर ऊपर-नीचे, ऊपर-नीचे करना जारी रखते थे। यह रोज का काम था। मैं भी कई बार उन्हीं कुत्तों की तरह ही हो जाया करती थी। अम्मा और आबू के बीच मुझे लेकर कुछ कहा-सुनी हो रही होती, लेकिन मेरी नजर खाने पर लगातार टिकी रहती। अम्मा बिफरकर मेरा कान ऐंठ देतीं, तब मुझे चौंककर उनकी तरफ देखना पड़ता। इसके बाद मैं दिन भर हैरान होकर सोचती रहती कि उन्होंने बिना बात मेरा कान क्यों खींचा था?

हमारे जितने भी जान-पहचान और रिश्तेदार थे; उन सभी को ये कुत्ते जानते थे। किसी के घर ये पहले पहुँच जाएँ तो लोग समझ जाते थे कि आबू अभी बस थोड़ी देर में उनके घर पहुँचने वाले हैं। कुत्ते हमारी सारी गायों को भी अच्छी तरह पहचानते थे। आबू मिथुन से मिलने जंगल जाया करते और नमक चटाकर वापस आ जाते। आमतौर पर जंगलों में उन्हें आसानी से ढूँढ़ना बहुत ही मुश्किल काम होता है; लेकिन उनके लिए यह कोई मुश्किल काम नहीं था। चारों कुत्ते तुरन्त उन्हें ढूँढ़ लेते थे। कभी-कभी मिथुन जंगल से अपने-आप आ जाते थे।

हमारे यहाँ बहुत सारी गायें थीं। आबू को हिन्दी बहुत पसन्द थी, इसलिए हरेक का नाम रखते थे—रानी, राजा, भोपाई इत्यादि। एक लम्बा-सा घर था उनके लिए, जिसे हम लोग 'गोआली' कहते थे। यह शब्द असमिया भाषा से आया है। हमारे यहाँ के लोग गायों को आजाद ही रहने देते हैं; अत: इस शब्द को ईजाद ही नहीं किया गया। हमारे ऑफिसर फूफाजी के सलाह और मार्गदर्शन के चलते ही इस दूध के व्यापार को उन्होंने शुरू किया था।

दिन भर गायों को आजाद छोड़ देते, शाम को इसी लम्बे से घर में बन्द कर देते। दूध की सप्लाई होती थी। मोटी कमाई थी। इसी के चलते पैसों की तंगी कभी नहीं रहती थी। आबू मछली के अलावा बाकी मीट नहीं खाते थे। उनका कहना था, "मछलियों से मेरी जान-पहचान नहीं है न। वे पानी में रहती हैं, तो मैं इन्हें खा सकता हूँ!" यह कहकर बहुत जोर-जोर हँस पड़ते। उनकी बात सुनकर मैं हमेशा असमंजस में पड़ जाती थी। नदियाँ दूसरी दुनिया की होती हैं? धरती पर वे कैसे आ गई होंगी?

पता नहीं क्यों दूध के उस व्यापार को उन्होंने बाद में छोड़ दिया था। हमारी गायें आजाद होकर दिन-रात घास चरने लगीं। उस लम्बे घर को भी तोड़ दिया गया था। उसकी जगह मकई और सब्जियाँ नजर आने लगी थीं। गायों को पहले जंगलों से ढूँढ़-ढूँढ़ कर लाया जाता था और उस लम्बे घर में किसी लाठी से इशारा कर-कर के उन्हें अन्दर घुसने दिया जाता था। अब तो वे अपने आप ही हमारे घर शाम-सुबह आने लगे। कभी-कभी हम लोग सुबह खाना खा रहे होते; वे घर के बाहर मों...मों...मों कर रही होतीं। आबू अक्सर, "आ रहा हूँ, आ रहा हूँ," कहकर खाना बीच में ही छोड़कर बाहर निकल जाते। भोजन वहीं पड़ा

रह जाता। वह एक हाथ में नमक रखकर दूसरा हाथ गाय के शरीर पर फेरते रहते थे। मैंने भी कई बार कोशिश की थी उन्हें अपनी हथेलियों से नमक चटाने का, लेकिन डर ने कभी मुझे उसमें कामयाब नहीं होने दिया। जब वे अपनी लम्बी-लम्बी जीभ निकालती थीं मुझे लगता था कोई साँप मेरी तरफ आ रहा है। उनका बड़ा मुँह मुझको किसी गुफा सा लगता था। मैंने एक दिन पूछ ही लिया, "आबू! इनका घर क्यों तोड़ दिया? इनको बाहर बारिश में भीगना पड़ता है न?" उन्होंने हँसकर कहा था, "ताकि इनके बच्चों से इनकी माँ का दूध कोई छीन न सके।"

कभी-कभी गायें झुंडों में एक साथ घर आ जाती थीं। आबू उस वक्त बहुत ही अलग दिखने लगते थे। सारी गायें उनके पीछे पड़ जातीं; कोई उनके पैर चाट रही होतीं, कोई हाथ, कोई उनका कपड़ा खींच रही होतीं तो कोई उनका शरीर सूँघ रही होतीं। वे ठहाका लगा-लगा कर हँसते रहते। अम्मा कहतीं, "और भी बहुत काम करना है। जब देखो इनके पीछे पड़े रहते हैं।"

मुझे उस वक्त आबू इस दुनिया के न होकर किसी और ग्रह से आए कोई देवता लगते थे। वह प्रेमी थे। प्रेम ने ही उनको ऐन्द्रिक स्वाद के सुख से भी मुक्त कर दिया था। इस मुक्ति का स्वाद क्या होता है—वह जानते थे। प्रेमी ही देवता हैं! मुझे वह सब इतना स्वाभाविक लगता था, कि कई सालों तक यकीन नहीं कर पाई कि सबके घर में इस तरह का माहौल नहीं होता।

हमारे यहाँ के लोग गायों को सिर्फ और सिर्फ मीट के लिए ही पालते हैं। हमारे घर में पिताजी के अलावा सब लोग इसका मीट खाते थे। इन्हें जरूरत के अवसर पर ही काटा जाता है; मात्र मीट के शौक

को पूरा करने के लिए नहीं। न तो उनसे खेती करवाते हैं, और न ही दूध निकालते हैं। लोग अपने ही हाथों से खेती करते हैं। आजकल कुछ लोग इनका इस्तेमाल खेती के लिए भी करने लगे हैं। अधिकतर वे आजाद ही घूमते रहते हैं। उन्हें लेकर किसी भी तरह की कोई भी कहानियाँ नहीं बनाई जातीं। गाँव वाले ज्यादातर मीट बहुत ही कम खाते हैं। इसलिए पशु-संख्या सन्तुलित रहती है। असन्तुलन तो बाजार के साथ ही आता है।

एक शाम आबू हमारी बड़ी दीदी के यहाँ से घर लौटे। अम्मा ने उनका बैग उलट-पुलट कर देखना शुरू कर दिया। तब वे कहने लगे, "तुम भी न! मीट के पीछे इतना पागल रहती हो। तेरी बेटी ने कुछ सूखा मीट भेजा था, मैंने राह में किसी को दे दिया। क्या करता...विधवा थी। रास्ते किनारे उसका घर था। मैं कुछ पल उसके बरामदे में ठहरा था। उसने मुझे पानी पिलाया। छोटे-छोटे बच्चे मीट को लगातार ताक रहे थे। मैं खुद को रोक नहीं पाया। सारा का सारा मीट उन्हें दे दिया।" अम्मा कभी-कभी उनकी इस आदत से परेशान होकर उनके शरीर में अपना नाखून गड़ा देती थीं। लेकिन मैंने अपने पिताजी को कभी भी उन पर हाथ उठाते नहीं देखा।

एक शाम पिताजी हापोली से पैदल घर वापस आ रहे थे। उन दिनों कोई गाड़ी न मिले तो गाँव वालों को इसी रास्ते से होकर पैदल आना पड़ता था। बीच में दूर तक फैले धान के खेत हैं, जहाँ से लोगों के लिए आड़ी-तिरछी बिछी हुई पगडंडियाँ हैं। यहाँ सँभल-सँभलकर चलना पड़ता था। धान जब लहलहा रहे हों, तब और भी सावधानी से चलना चाहिए। आगे खेत का आखिरी छोर आता है, जहाँ से जंगल शुरू होता है। इसके बाद चढ़ाव ही चढ़ाव।

उस दिन धान के पौधों के बीच आबू डगमगाकर अचानक औंधे मुँह गिर पड़े थे। बेहोश हो गए। उनकी दोनों आँखें पानी के भीतर, लेकिन नाक-मुँह बाहर थे। बरसात जोरों पर थी। पानी का स्तर बढ़ता जा रहा था। पिताजी की जान खतरे में थी। बेदंग और बोगा वापस शहर की ओर भौंकते हुए भागने लगे। मेरे चाचाजी ताको भी इत्तफाक से इसी ओर ही आ रहे थे। जब उन्होंने दोनों कुत्तों को इस तरह बिना मालिक के घबराहट में देखा तो कुछ आशंका-सी हुई। दोनों ने कूँ-कूँ करते हुए उनके कपड़े में दाँत गड़ा दिए। उन्हें खींच-खींच कर ले जाने लगे। जल्दी-जल्दी दौड़ते हुए पहुँचे। आबू मरणासन्न स्थिति में थे। पानी नाक तक पहुँच ही रहा था! उन्हें बहुत मुश्किल से होश में लाया गया था।

मेरे आबू और चाचाजी ताको एक-दूसरे के जानी दुश्मन थे। एक-दूसरे के घर का पानी तक नहीं पीते थे। अकेले मिलें तो शायद एक-दूसरे की जान भी ले लें। चाची मेरी माँ की दूर की बहन लगती हैं। दोनों औरतें छिप-छिपाकर खास पकवानों को एक-दूसरे तक हम बच्चों द्वारा पहुँचाया करती थीं। अपने-अपने पति को भी खिला देतीं। माँ कहती थीं, "दुश्मनी इन भाइयों की है, हम वह कचरा क्यों लें अपने सिर? बच्चों को तो ऐसी गन्दगी से बहुत दूर ही रहना चाहिए।" उनकी यह बात आज भी मुझे प्रेरित करती है। एक निरक्षर का मन इतना समझ और ज्ञान से किस प्रकार भर गया होगा। अनुभव से सीखने के लिए भी समझ की आवश्यकता होती है।

खैर, वह अक्सर हमें उनके घर खेलने भेज दिया करतीं। उनके बच्चे और हम लोग एक-दूसरे की माँ को 'ताजिंग अम्मा' (ताजिंग की

माँ) और कामिन अम्मा (कामिन की माँ) कहकर पुकारते थे। दोनों माँएँ हम सभी बच्चों को बहुत-बहुत स्नेह देतीं। इससे एक प्रकार का सन्तुलन बना रहता था। माँ ने एक बार कहा कि मैं जब भी उनके घर जाऊँ चाचाजी के गोद में ही बैठूँ। कुछ झिझक तो हुई लेकिन मैंने वैसा ही किया। चाचाजी की आँखों में आँसू छलकने लगे। आबू भी उनके सारे बच्चों को बहुत स्नेह देते थे। जीवन के आखिरी वक्त तक दोनों ने एक-दूसरे से बात कभी नहीं की। आखिर अहं भी तो कोई चीज होती है। कई लोग इसी को अपना आत्मसम्मान समझकर जीवनपर्यन्त निभाते चलते रहते हैं। लेकिन दोनों माँएँ भीतरी दुनिया को निर्मल करना जानती थीं। इसी से रिश्ता सन्तुलित रहता था।

चाचाजी आज भी तन्दुरुस्त हैं। मुझे देखकर एक दिन बोले, "तुम्हारे आबू कमाल के आदमी थे। उनका कोई भी पुत्र उनके जैसा दिलदार न हुआ। सबके सब नालायक। कितने मिथुन मर गए जंगलों में। उनकी लाशें आवारा वहीं पर पड़ी रह गईं। अपने माता-पिता से जुड़ी चीजों के प्रति कोई प्रेम, कोई श्रद्धा ही नहीं है इनमें। तुम्हारे पिताजी की बनाई स्वादिष्ट चटनी की याद से आज भी मेरे मुँह में पानी आ जाता है।"

मैंने कहा, "लेकिन कामिन आबू, आप दोनों तो कभी एक-दूसरे के यहाँ पानी तक नहीं पीते थे न?" पहले तो वह ठहाके लगाकर हँसे, फिर कहने लगे, "अरे, तुम्हारी माँ और चाची की शरारतों को क्या मैं जानता नहीं था?" थोड़ी देर खामोश रहने के बाद उन्होंने धीरे-से कहा, "जिन्दा रहने के लिए किसी की दुश्मनी भी तो जरूरी होती है।"

किसी के चले जाने के बाद, चाहे वह दोस्त हो या। दुश्मन— वीरानियाँ तो दिल में उतर ही आती हैं।

गर्मियों की छुट्टियों में मैं घर आ गई। मैं मोर-पंख लाई थी आबू के लिए। उन्हें अपने पारम्परिक टोपी में लगाकर बहुत खुश होते थे। अचानक जब आपको पता चले कि जिस शख्स के लिए उनकी मनपसन्द की कोई चीज आप लाई हैं। उनके चेहरे पर उसे पाकर जो चमक आएगी, उसे देखने के लिए आप कब से बेचैन हैं, और पता चलता है, अब वह हैं ही नहीं इस दुनिया में...पैरों तले जमीन खिसक जाती है। हड्डियाँ मानो टुकड़ों में बँट गई हों। पिछली बार जब उन्हें देखा था, कुछ कमजोर से थे। सोचा नहीं था, आखिरी बार मिल रही हूँ उनसे। उन्हें कैंसर था।

वक्त का पहिया घूम जाता, उसी पल में एक बार फिर से। मैं मिलती कुछ इस तरह उनसे जैसे कि वह आखिरी हो। जानती हूँ, उसी पथ की मैं भी राही हूँ...वह पहले, मैं पीछे आई...पर अच्छी तरह विदा न कर पाना सालता है।

हमारे घर के सामने की बागान में उनकी समाधि है। सारे कुत्ते बिलकुल उसी तरह बैठकर कूँ-कूँ कर रोते रहते थे, जिस तरह भोजन के वक्त बैठ जाया करते थे। अबकी वे अपने सिरों को ऊपर-नीचे नहीं करते थे। अम्मा की रोने की आवाज से जैसे सारा गाँव सहम जाता था। खामोशी छा जाती थी। मिट्टी में दफनाने के पहले घर के जिस स्थान पर आबू का पार्थिव शरीर रखा गया था—वहाँ से सारे कुत्ते चलकर बागान की उस जगह तक सूँघते हुए उनकी समाधि तक जाते थे, फिर वहीं बैठकर रात-दिन रोते रहते। यह वे हर दिन करते थे। धीरे-धीरे उन्होंने खाना-पीना भी छोड़ दिया। वे बहुत कमजोर होते जा रहे थे। शायद रात के एक या दो बज गए होंगे। कुत्ते रो रहे थे। अम्मा भी वहीं चली गईं। सब साथ बैठकर रोने लगे। उनकी रुदन की आवाजें सर्दियों में किसी

बर्फीली पहाड़ों सी चुभन लिये आती हुई हवाएँ थीं। मैं करवट लेती रही। गाँव खामोश था। मेरे बड़े भाई जाकर सबको जबरदस्ती घर के अन्दर ले आए। दरवाजा अन्दर से बन्द कर दिया। कुत्ते वहीं दरवाजे पर ही बैठकर रोने लगे। परेशान होकर उन्होंने दरवाजा खोल दिया। तब तक मुर्गों ने भी बाँग देना शुरू कर दिया था।

कई रात ऐसा ही चलता रहा। वे घर से सूँघते हुए जाते, अन्त में समाधि के बगल में बैठकर रोते रहते। अम्मा कुछ समय चुप रहतीं, फिर उनका रोना सुनकर वह भी रोने लगतीं। इन लोगों का रोना बहुत दूर तक लोग सुन सकते थे। एक दिन वे चले गए...हमेशा के लिए। बहुत ढूँढ़ा, हर वह जगह जहाँ वे जा सकते थे। सब उन्हें पहचानते थे। खो जाने का सवाल ही नहीं था। कोई-न-कोई तो खबर कर ही देते। लेकिन वे उस दिन के बाद कभी भी, कहीं भी, किसी के द्वारा भी नहीं देखे गए। अम्मा का रोना पहले से अधिक बढ़ गया।

माना जाता है कि कुत्ते ही धान के बीज 'उईयु' के यहाँ से छुपाकर ले आए थे। अम्मा ओखली में चावल को डालकर, अपना मुँह उसके भीतर घुसा लेतीं और एक-एक करके सभी कुत्तों का नाम ले-ले कर पुकारतीं। मुझसे भी ऐसा ही करवातीं। मैं पूरे मनोयोग से करती; इस यकीन के साथ कि वे सच में लौट आएँगे। वे नहीं आए। आबू के कदमों के निशान ढूँढ़ते-ढूँढ़ते जंगलों में चले गए होंगे। वहाँ खाक छानते-छानते भूखों मर गए होंगे।

पिताजी के जाने के बाद गायें कई दिन तक घर पर आती रहीं। माँ उनको नमक चटातीं। धीरे-धीरे उनका आना भी कम होता गया। जंगलों से कई-कई दिन बाद मिथुन भी आते थे। मैंने उन्हें रोते देखा

था। कुछ क्षण ठहरने के बाद वे चले जाते थे। पास के जंगल में 'ही चोचो ही, ही चोचो ही' कहते हुए छोटी चिड़ियाँ तब भी गाती रहती थीं। उस वक्त मैं अक्सर 'ओआन, टू, त्री, फॉर बत्तंग चुपचुप गाप-गाप' कहते हुए 'हाहाहा' हँसने वाली चिड़िया के हँसने का इन्तजार करती रहती।

हमारे गाँव में अब घर कहने को अम्मा और आबू की समाधि ही है। मुझे वहाँ जाना अच्छा लगता है। कई लोग मर चुके हैं जिनके यहाँ हम बच्चे खेला करते थे। कई अब बहुत ही बूढ़े हो गए हैं, कई बुढ़ापे की तरफ अग्रसर हैं। वैसे, यादें हमेशा पीड़ादायक नहीं होतीं। होती भी हैं तो वही ऊर्जा भी तो प्रदान करती हैं।

गाय-गेका की औरतें

पहाड़ी इलाका है। किसी का घर ढलान के ऊपरी हिस्से में बना है तो किसी का नीचे। पाँच परिवारों वाला हमारा लम्बा सा घर 'न्योकुम पूतुंग' नामक टीले के ढलान पर बना था। गाँव में न्योकुम उई अर्थात प्रकृति पूजा से सम्बन्धित कर्मकांड इसी 'पूतुंग' अर्थात टीले पर सम्पन्न हुआ करता था; अतः इसका नाम ही 'न्योकुम पूतुंग' पड़ गया। इसी पूतुंग की चोटी पर खड़े होकर गाँव वालों को जोर-जोर से चिल्लाते हुए महत्त्वपूर्ण सूचना दे दी जाती थी। एक छोटे-से वाक्य से ज्यादा नहीं बोला जा सकता था, क्योंकि चारों तरफ खड़े पहाड़ों से टकराकर वे टुकड़े-टुकड़े होकर हिलमिल जाते थे जिससे हर शब्द अस्पष्ट हो जाता था। एक बार पिताजी ने मुझे चिल्लाने दिया—"आराम उईअ कऽऽऽताताम नाम सी", अर्थात 'कल ताताम के घर में पूजा है।' गाँव वाले कहने लगे, "इसी को हमेशा चिल्लाने दो। इसकी आवाज यंगऽऽऽ करके दूर तक जाती है और कानों में तीर की तरह घुस जाती है।"

बारिश के मौसम में जब इन पहाड़ों पर काले-काले बादल उतर आते थे—हमारा गाँव इनमें मानो विलीन हो जाता था। हम बादलों के गर्भ में होते थे—हिलते-डुलते हुए से। दिन के समय भी आसपास के घर धुँधलाते हुए अस्पष्ट दिखने लगते थे। रात को बिजली बार-बार गुल हो जाती, और अन्धकार को चीरते हुए अक्सर सड़क पर कोई-न-कोई टॉर्च की रोशनी में गाता हुआ चला करता था। उनकी आवाज सुनकर मुझे थोड़ी-सी तसल्ली सी मिल जाती थी कि चलो अँधेरे से डरने की कोई बात नहीं है। आज वह सड़क भी वृद्ध हो गई है—जगह-जगह गड्ढे पड़ गए हैं।

घर के बरामदे में बैठकर हमारे दादाजी बम्बू और केन की रस्सियों से टोकरी इत्यादि बुनते रहते थे और दादी कपास के धागे बनाती रहतीं। आची (चाचा) ताबा फौज में थे—कभी-कभार ही घर आते थे। जब आते तो बड़े से बोरे में सभी के लिए सेकंड हैंड कपड़े ले आते थे। सब उन्हें घेरकर खड़े रहते, वह एक-एक करके सबको देते जाते। "मेरी सबसे प्यारी बर्मअ (भतीजी)" कहते हुए मुझे अक्सर वह अपनी गोद में बिठा लेते। उस वक्त पिताजी दूर अपने चूल्हे पर आग थापते हुए ठहाके लगाकर हँसते रहते। चाचू अन्त में स्वयं पिताजी का हिस्सा उनके पास आकर उन्हें दे जाते।

पिताजी जब छोटे थे तभी उनके पिताजी यानी हमारे दादाजी का देहान्त हो गया था। दादी ने दूसरी शादी कर ली। उनके यही दूसरे पति अब हमारे दादा थे। उनका बहुत सम्मान था परिवार में—लम्बा कद, सुन्दर चेहरा। आँखों की रोशनी बहुत ही कम हो गई थी। अपनी लाठी को इधर-उधर हिलाते हुए "मैं आ रहा हूँ, मैं आ रहा हूँ," कहते हुए जब वे उधर से इस ओर आते थे, तो घर में हलचल मच जाती थी। पिताजी

हम सबको चिल्लाकर उनके रास्ते से हट जाने को कहकर स्वयं इधर-उधर बिखरी सामग्रियों को समेटने लगते थे, ताकि दादाजी को चोट न लगे। भाभियाँ और चाचियाँ 'यहाँ से...यहाँ से...यहाँ से' कहकर उनका मार्गदर्शन करती रहती थीं। छोटी माँ (यारंग) ठीक उसी वक्त अक्सर एक गीत गाती थीं, 'आइना देखी, कोपा बाँदी, उर्रे गेंदा पूल', इस गीत को उनके अलावा गाँव में मैंने किसी से भी कभी नहीं सुना। मुझे पता है इसका अर्थ इस घर के किसी भी सदस्य को मालूम नहीं था। यह शायद छोटी माँ ने अपनी ग्रिफ (बॉर्डर रोड टास्क फोर्स-BRTF) की मजदूरन सहेली से सीख लिया होगा। पिताजी उनको गाते देख कहते थे, "आह, पदिन नका", अर्थात उफ, पंखों वाला इनसान। आज भी मैं सोचती हूँ—वह उनको पंखों वाला इनसान क्यों कहते थे?

छोटी माँ का एक अजीब सा तकिया कलाम था—हर बात के साथ उन्हें 'अतह, अतह' कहने की आदत थी। 'अतह' का अर्थ है—स्त्री योनि। कोई सामान गिर जाए, हाथ से छूट जाए तो कहतीं, 'बना अतह योल दे', अर्थात अरे, मेरी योनि गिर गई। कुछ माँगना हो तो कहतीं, 'कलह अताम जित्तो', अर्थात अरे, अपनी योनि मुझे दे दो। किसी का नाम लेना हो, तो उसके उपनाम के रूप में 'अतह' ही लगाकर बोलतीं—'रीन्यी अतह, सोजाम अतह, यामा अतह।' सभी गाँव वाले उनके द्वारा इसी उपनाम के साथ ही पुकारे जाते। गाँव भर में इसे लेकर लोग हँसी-ठिठोली करते रहते थे। उन्हें देखते ही लोग 'अतह, अतह' कहकर हँसने लगते थे।

हमारे घर के थोड़ा-सा नीचे वाले ढलान पर चाचा तानिया और चाची यानियाम का घर था। माँ और चाची को कई बार अपने-अपने

बरामदे में खड़े होकर चिल्ला-चिल्ला कर गाली-गलौच करते देखा था। इधर से माँ कहतीं, "गाय की हँसी हँसने वाली औरत! आलसी, निकम्मी, चंचला!" उधर से चाची कहतीं, "धूर्त औरत! दिनभर खुद आराम से घर पर रहती है, बाकी लोगों से काम करवाती है, बेशर्म कहीं की।"

गालियाँ जब खत्म हो जाएँ तो अन्त में कोई चारा न पाकर वे अजीब हरकतें करने लगती थीं—'बेन-बेन-बेन' अर्थात 'ये लो, ये लो' कहकर एक-दूसरे को बन्दरों की तरह कपड़ा उठा-उठा कर अपना नंगा चूतड़ दिखाने लगती थीं। पिताजी 'हीका, हीका दनअ काम', अर्थात 'बाप रे! बाप रे! ये खौफनाक औरतें'—कहते हुए हँस रहे होते थे।

अगली सुबह माँ उनके घर पर चटनी बनाकर भेज रही होतीं, या हें, हें, हें कर दाँत निपोरते हुए चाची हमारे घर चटनी लेकर आ रही होतीं। लगता ही नहीं था कि कल शाम ही इन दोनों में झगड़ा हुआ था।

चाचा तानिया के घर को छोड़कर उसके कुछ दूरी पर जहाँ से जंगल शुरू होता था—जोराम साहा का घर था—तीन परिवारों वाला। उस घर का मुख्य द्वार वाला हिस्सा हमारे यहाँ से दिखता था, बाकी हिस्सा पहाड़ के मोड़ के कारण छिपा रहता था। उसके ठीक बगल में एक विशालकाय बरगद का पेड़ था। रात को अजीब-अजीब आवाजें आती थीं। उल्लू जब बोलता था मेरे रोंगटे खड़े हो जाते थे, लेकिन माँ कहतीं, 'पायालिंचो ततबर अ, आम्पाक लिदे आइकुबो' अर्थात 'धन्यवाद प्यारे उल्लू इस सूचना के लिए, धान के बीजों को बोने का वक्त आ गया है।' इसे वह लयात्मक ढंग से कहती थीं।

उस लय में, उस ढंग में प्रकृति स्वयं उनमें साक्षात् दिखने लगती थी। गाँव के लोग इसी लय में ही इस तरह की बातों को कहा करते थे।

इसका हिन्दी अनुवाद ठीक उस अर्थ में व्यक्त नहीं किया जा सकता जो आशय उसमें हुआ करता है।

नवजात शिशुओं के रोने की आवाजों से वह वृक्ष कभी-कभी भर जाता था। तब माँ कहतीं, "ओहो, इसमें डरने की क्या बात है? वे पक्षियों की आवाजें हैं। अलग-अलग देशों से वे हमारे यहाँ के जंगलों में मेहमान बनकर आते हैं। बहुत कुछ ले आते हैं, यहाँ छोड़कर उड़ जाते हैं। यह बरगद उनका बसेरा है।" मेरा मन फिर भी कहता रहता था, 'नहीं, ये सब भूतों के बच्चे हैं।' वे बिलकुल इनसानी बच्चों की तरह ही रोते थे।

उस वृक्ष से कुछ दूरी पर स्वच्छ, पारदर्शी, मीठे जल का एक छोटा-सा पोखर था। सर्दियों में जब पानी बर्फ बनकर पाइप के भीतर जम जाता तो हम लोग वहीं से पानी ले आते थे। लोग कहते थे कि जो बच्चे उस पोखर में तैरते हुए प्रात:कालीन पानी के बुलबुलों को फोड़कर पानी ले आते हैं, वे जल्दी बड़े हो जाते हैं। लेकिन बरगद मुझे हमेशा डरावना लगता था। एक तो उसका विशालकाय आकार, दूसरा उन पक्षियों की आवाजें जिसके कारण हम बच्चे उसके आसपास खेलते भी नहीं थे। जब कभी पानी लेने जाना होता तो हम दौड़ते हुए किसी न किसी के साथ ही जाते। मेरी जिद होती थी—सर्वप्रथम बुलबुलों को मुझे ही फोड़ना है। ऐसा नहीं होने पर मैं रो-रो कर पानी लिये बगैर ही घर लौट आया करती।

जोराम साहा के घर में एक असमिया औरत रहती थी जो मुझे देखते ही हमेशा पकड़कर अपनी गोद में बिठाकर जबरदस्ती मेरे सिर से जूँ निकालने लगती थी। मुझे मनाने के लिए कहानियाँ कहती थी। वह असमिया ढंग से साड़ी पहनती थी। इस कारण मेरी उत्सुकता उनको

देखने में लगी रहती। उनके पति बहुत ही खुशनुमा आदमी थे। सुना है अब दोनों जीवित नहीं हैं।

जोराम साहा की पत्नी रात के अँधेरे में हमारे घर के बगल वाले ढलान में गिरकर मर गई। उसके कुछ साल बाद साहा भी चल बसे। उस घर के बाकी लोग पलायन कर गए। वह घर अपनी जगह से गायब हो गया। देखते ही देखते वह स्थान जंगल में तब्दील हो गया।

जंगली फूलों के मौसम में मैं अक्सर यहाँ आती हूँ। हर साल श्वेत फूलों से लदे नाशपाती के बहुत सारे पेड़ उन लोगों की स्मृतियों को जिन्दा करते हैं। श्वेत फूलों वाला एक जंगली पेड़ भी वहाँ खड़ा रहता है। इस समय उसमें एक भी हरे पत्ते नहीं दिखते हैं।

यहाँ के लोग चाहे जहाँ भी रहें लेकिन मर जाने के बाद मृतक को गाँव में ही लाकर दफनाया जाता है। हमारा गाँव अब कब्रगाह बन गया है। जो भी हो, जो छोड़कर गए, वे गाँव लौट ही आते हैं। लौट आना होगा एक दिन सबको...। उनके पार्थिव शरीर यहीं मिट्टी में मिल जाते हैं। इसी से इन स्थानों का महत्त्व होता है। इसका सम्मान किया जाता है। इसीलिए मिट्टी हमारे पुरखे हैं। इनमें हमारे पुरखों का शरीर है। बाँस की लकड़ियों से बनाई गई कब्र भी कुछ महीनों में ही सड़कर मिट्टी हो जाया करती है।

मुझे लगता है नाशपाती के पेड़ों के बीच वह जंगली फूलों वाला पेड़ साड़ी में लिपटी ममतामयी गोद वाली वही औरत है। एक बार उसको छू भी आई मैं। खुरदरे छालों वाली सुन्दर परी की तरह है वह। अब तो वह विशालकाय बरगद का वृक्ष भी ठूँठ बन गया है। ऊपर से नीचे की तरफ धीरे-धीरे अपने-आप टुकड़ों में सड़ते हुए वह मरता गया।

उसको मरते हुए देखा है, और पारदर्शी जल का वह पोखर भी अब नहीं रहा। लोग नहीं रहे तो पानी-पोखर भी सूख गए। उस तरफ जाने वाली पगडंडी भी मिट गई।

प्रकृति का वैराग नर्तन। अपने ही भीतर के मौन में उतर आने का निमंत्रण है यह। वेदनामयी है...किन्तु यही सत्य है।

हमारे घर के सामने का छोटा-सा टीला, जिसने अपने कंधों पर ताज दोगुर का घर उठा रखा है। अपने ठीक उसी स्थान पर आज भी यह घर अकेला खड़ा है। हमारे छुटपन में उस घर में दो परिवार रहते थे। पत्नी के देहान्त के बाद उनकी सन्तानें पलायन कर गईं। बाद के दिनों में वृद्ध और अन्धे हो चुके ताज दोगुर एक लड़की के साथ अकेले रहने लगे थे। सुदूर गाँव से उस गरीब अनाथ छोटी लड़की को उनके पुत्र खरीदकर ले आए थे—वृद्ध की देखभाल के लिए। बाद में वह किसी के साथ भाग गई।

कच्ची उम्र थी, जबरदस्ती जवान दिखने का प्रयास करती थी। मैंने माँ को एक बार यह कहते सुना था, "आँखों में काला और होंठों पर लाल रंग लगाकर कमर मटकाती हुई डोलती फिरती रहती है। शाम को बुड्ढे से मार खाती है। सुबह मेरे पास रोती हुई आती है। मर्द कुत्तों की तरह होते हैं। बच्ची है, बूढ़ी है, विधवा है कि क्या है...कुछ नहीं देखते। वह लड़की भाग जाए तो ही ठीक है।"

सुना था वह घर के सीलिंग में सोती थी। रात को बुड्ढा उसे छूने का प्रयास करता था। एक रात हाथ-गाँव और लाठी से इधर-उधर टटोलते हुए दोगुर उसके पीछे सीलिंग में चढ़ने लगे। उस चक्कर में वह धड़ाम से गिरकर अपनी टाँगें तुड़वा बैठे। लड़की हमारे घर भागकर आ गई। वहीं

सो गई। आजकल एक पियक्कड़, हंगामेबाज, लड़ाकू और नौटंकीबाज विधवा न जाने कहाँ से दोगुर को किस तरह मिल गई है...लड़ते-झगड़ते साथ रह रहे हैं। आधी रात को भी दोनों के बीच जोर-जोर से झगड़ा और गाली-गलौच होता रहता है। जो भी हो...कोई तो है साथ में!

ताज दोगुर के घर के कुछ ऊपर जोराम सोन का घर था, जिसका मुख्य द्वार (बाग) यहाँ से दिखता रहता था, और बाकी का हिस्सा ऊँचाई के कारण यहाँ से हमें दिखाई नहीं देता था। उसमें शायद चार या पाँच परिवार रहते थे; क्योंकि वह बहुत लम्बा था हमारे घर की तरह। वह आसपास के सभी घरों के मुकाबले ऊपरी टीले पर था। आज वहाँ सिर्फ जंगल है।

उस घर में एक वृद्धा स्त्री रहती थी—जोराम पूदुंग। नाटी कद-काठी, झुके हुए कंधे, श्वेत बालों वाली, मितव्ययी, रहस्यमयी सी वृद्धा। सब लोग उन्हें 'हूख पूदुंग' अर्थात बूढ़ी पूदुंग कहकर पुकारा करते थे। 'जंगली फूल' उपन्यास में एक वृद्धा का जो चरित्र है, वह मैंने इन्हीं को याद करके निर्मित किया था। वह 'हूह' करके एक फूँक मारती और शरीर के दर्द वाले हिस्से में हाथ फेरती थी। अपने दोनों हाथों से दर्द वाले हिस्से में हल्का-हल्का सहलाते हुए अचानक जोर से दबा देती थी; तब बहुत दर्द होता था। एक विशेष प्रकार की घास को आग में थापकर दर्द वाले हिस्से में लगाती थी। मेरे पाँव में कई बार मोच आई। उन्होंने 'हूह' करते हुए कई बार अपने फूँक से मेरे पैर की मालिश की। वह पेड़-पौधों, जंगलों और पहाड़ों से बुदबुदाते हुए बातें करती रहती थी। मैं अक्सर उनको बड़े ध्यान से देखती रहती। माँ कहतीं, "आँखें निकल आएँगी तेरी!"

पता नहीं, डॉक्टर से ठीक होती थी या उनकी मालिश से। माँ कहती थीं कि उनसे मालिश करवाने के बाद ही अस्पताल जाना चाहिए। उनकी फूँक की मदद से ही डॉक्टर का इलाज सफल होता है।

जोराम कोजुम नाम के एक व्यक्ति भी उस घर में रहते थे। वह सोन के बड़े भाई थे। कई बार उनकी पत्नी उस पहाड़ी से 'आईया, आईया' कहते और लुढ़कते हुए इधर हमारे घर की तरफ आ रही होती थीं। कोजुम दाव के उलटे धार वाले भाग से उन्हें 'बोम-बोम-बोम' करके मारते जाते थे। मेरे पिताजी दौड़कर उन्हें बचाते। इसके बाद मेरी माँ और कोजुम के बीच खूब कहा-सुनी होती। बर्तन में चटनी के बचे-खुचे स्वाद का मजा लेने में जो आनन्द आता था, उसका वर्णन करना मुश्किल है। मैं 'चोख्यी उदुंग' (बाँस का चटनी बोतल) में खाना डालकर बाँस के लम्बे चम्मच से उन्हें निकाल-निकाल कर खाते हुए मारते-पीटते कोजुम, रोती-चिल्लाती, लुढ़कती उसकी पत्नी, मेरे पिताजी का दौड़ना इत्यादि देखती रहती थी। यह अक्सर सुबह के वक्त होता था जब लोग खा-पीकर अपने-अपने खेतों की ओर चलने लगते थे।

सोन पुजारी थे। हमारे घर में वह अक्सर अलाव के किनारे बैठकर घंटों मंत्रोच्चारण कर रहे होते थे। बगल में 'ओप्पो' (स्थानीय दारू) का पत्ताक (बाँस का मग) रखा रहता था। एक बार मैं उनके सामने बैठकर रोज की तरह उनका अनुकरण करने लगी। वे जो भी शब्द बोलते, मैं ठीक उन्हीं की अन्दाज में उन्हें दोहराती। उन्होंने अपनी आँखें अधखुली रखी हुई थी। आँखों का श्वेत हिस्सा ही दिख रहा था। मैंने भी वैसा ही करने का प्रयास किया। अचानक पीईइ...करके मेरा पाद निकल गया! 'एहे, एहे हिमियेकाम, आह' ('उफ, ये बच्चे भी न') कहते हुए वह

तेजी से बाहर निकल गए! "इतना बदबूदार पाद मारने की क्या जरूरत थी? इससे पूजा में खलल पड़ती है। पता नहीं तुझे? हर न्यूब (पुजारी) को परेशान करती हो। न्यूब बनना है क्या?" यह कहते हुए माँ ने मेरी तरफ चिमटा फेंक दिया था।

इसके बाद मैंने पुजारियों का पीछा करना छोड़ दिया। चेहरा याद नहीं, लेकिन सोन की अधखुली आँखों का श्वेत हिस्सा मेरे जेहन में सदा के लिए अंकित हो गया।

हमारी बड़ी भाभी से किसी की भी नहीं बनती थी। माँ के साथ कभी न रुकने वाला झगड़ा चलता रहता था उनका। खानदान में ऐसा कोई भी न बचा था जिसके साथ उन्होंने लड़ाई-झगड़ा न किया हो। भैया की एक और पत्नी थीं। भाभियों के रोज-रोज के झगड़ों से तंग आकर उन्होंने हमारे ही घर के बगल में तीन रूम वाला एक घर बना लिया था। छोटी भाभी हमारे साथ ही रहती थीं। झगड़ा फिर भी रुकता नहीं था। कुछ साल बाद माँ के बहुत रोने-धोने और मनाने के बावजूद अपनी पत्नियों को लेकर भैया गाँव से दूर चले गए।

धीरे-धीरे वह मकान मरता गया। आदमी न रहें तो मकान भी मर ही जाता है। खँडहर हो गया वह। छत पर लगे टीन पिचक-पिचक कर किसी गाँव वाले के निक्कर जैसा सिकुड़ गया जो कभी न धोने के कारण हो जाता है—मानो ही...ही...ही करके हँस रहा हो। बारिश सीधा मकान में प्रवेश कर जाती है। गाँव भर की गायों ने उसे अपना मलखाना बना लिया। दीवारों पर घास उग आई।

गाँव में बहुत से घर थे। वे बहुत दूर-दूर होते थे। लेकिन ये छह घर एक ही 'गेका' में पास-पास थे। इन घरों के बीच लम्बा, छरहरा,

सुडौल, सुन्दर सा एक पेड़ खड़ा रहता था—'गाय सन'। आज भी वहीं पर वह वैसा ही खड़ा है। हमारी संस्कृति में परियों की कल्पना मौजूद नहीं है, लेकिन अमर चित्र कथाओं में इनका सुन्दर रूप देखकर मुग्ध होती रही हूँ। उसके तने और शाखाएँ आसमान से उतरी इन्हीं परियों के सुन्दर हाथ-पैर थे; नैसर्गिक हल्के-श्वेत सुन्दर खालों वाली।

फूलों के मौसम में यह गुलाबी रंगों से लद जाता था। सारे के सारे हरे पत्ते गुलाबी फूलों में बदल जाते थे। हमारा वह 'गेका' उसके कारण सुन्दर स्वप्नीली दुनिया बन जाता था। इसी पेड़ के कारण गाँव में इस स्थान का नाम पड़ गया—'गाय-गेका' अर्थात गाय-पेड़ का इलाका। सूर्यास्त के वक्त उसकी खूबसूरती बहुत अधिक बढ़ जाती थी। एक अनकही, अज्ञात सी पुकार; मानो कहीं दूर से आ रही हो...! उसका अलौकिक सौन्दर्य शब्द छीन लेता था। मैं अक्सर उसके आसपास मँडरा रही होती थी।

यानियाम मेरी चाची। उन्हें हम सारे बच्चे 'आजा' कहकर पुकारते थे। उनके पाँच बच्चों में एक लड़की है। एक लड़का मेरी हमउम्र का है और बाकी सब मुझसे बड़े। धीरे-धीरे सब गाँव छोड़कर चले गए। चाचा के मृत्यूपरान्त आजा ने अपने इस घर को तोड़कर सड़क के उस पार हमारे घर से कुछ ही दूरी पर (सूर्योदय की तरफ) नया घर बना लिया था।

लकड़ियों और घास-फूस के बने घर होते हैं, इसलिए लोग सुविधानुसार स्थान बदल-बदल कर नया बना लेते हैं।

तो उधर आजा का घर—इधर माँ का। दोनों अकेली। आजा अपने किसी भी बच्चे के साथ नहीं रहना चाहती थीं। वह बहुत ही झगड़ालू किस्म की थीं। उनकी बहुएँ उनसे परेशान होती थीं लेकिन उनके बच्चों ने उन्हें अपने साथ रखने के लिए बहुत कोशिश की, वह नहीं मानीं। मेरी माँ अपनी

बहुओं और पुत्रों के साथ रहना चाहती थीं, लेकिन सब उन्हें छोड़कर चले गए। उनको अकेलापन खा गया। वह गा-गा कर रोती रहती थीं। गाँव की स्त्रियाँ अक्सर गाते हुए ही रोती थीं।...लेकिन आजा ने अपना विकल्प ढूँढ़ लिया था। बुढ़ापे में भी वह 'बॉय फ्रेंड' बना लेती थीं! इस साल एक आदमी, दूसरे साल कोई और होता था। मुझे यह बात हजम ही नहीं होती थी। वह दादी भी थीं अपने पोते-पोतियों की। मेरी माँ कुछ भी नहीं कहती थीं। मुझे उन पर बहुत बार खीज होती थी—वह तब भी खामोश रहतीं।

एक रात आजा के घर से जोर-जोर से हँसने की आवाज आई। मैंने माँ से कहा चलकर देखते हैं। उन्होंने मुझे चुपचाप सो जाने को कहा। मैं नहीं मानी। बम्बू की बनी दीवारें होती हैं, उनमें अनेक छोटे-छोटे छिद्र होते हैं। मैंने उन छिद्रों से देखा; अलाव के किनारे बैठकर एक आदमी 'ओप्पो' पी रहा है। वह हमारे गाँव का नहीं था। आजा उसके चारों ओर गोल-गोल चक्कर लगाते हुए कमर मटका-मटका कर नाच रही थीं! खूब हँसते हुए गा भी रही थीं।

वापस आकर माँ को मैंने सब कुछ बताया। वह कहने लगीं, "शायद तुम कभी समझ नहीं पाओगी कि किसी के हँसने-गाने की आवाज से ही मुझे अच्छी नींद क्यों आने लगती है। चल सो जा।"

वीरानगी की ओर बढ़ता हुआ हमारा गाँव, किसी की आवाज से मानो जिन्दा होने लगता था। माँ शायद इस भ्रम को लेकर अन्त तक जीना चाहती थीं। गलत और सही की सारी धारणाएँ मिट गईं। जीवन के अलावा कुछ भी तो नहीं बचा था। हकीकत सभी विचारों को नष्ट कर देती है—नैतिक, अनैतिक सब। अब वहाँ व्यक्ति और समाज के बीच की खाइयाँ मिट रही थीं। जंगल, पहाड़, नदियाँ, पेड़-पौधे, सूर्य-चन्द्र

फिर भी सहज रूप से विद्यमान थे। चाची स्वच्छ नदी की तरह बहती हुई सी लगने लगीं।

खेत-खलिहान, मिथुन, गाय इत्यादि का बँटवारा हो चुका था। भाइयों में सबसे छोटे भैया और भाभी नौकरी करते थे, गाँव से दूर रहते थे; सो माँ उनके हिस्से की खेती-बारी इत्यादि को अकेली सँभाल रही थीं। गाँव में लगभग हर घर से कोई-न-कोई नौकरी करता था। वे भी दूर रहते थे, लेकिन खेत-खलिहानों पर भी ध्यान देते थे। समय-समय पर आकर खेती-बारी भी करते थे। हर तरह की सुविधा अपने माता-पिता को देते थे। लेकिन यह सब मेरी माँ के साथ नहीं था—"लोग क्या कहेंगे? सारे खेत जंगल में बदल गए! जोराम ताताम नहीं रहे तो क्या हुआ? मैं हूँ न। यह जंगल में बदल नहीं सकते। नहीं, नहीं, ये सब मेरे हैं। मैं मालकिन हूँ।"

और मेरी माँ इस तरह इन सबसे जोंक की तरह चिपके रहने की जिद करने लगीं। छोटे भैया के सरकारी मकान में रहना उनको मंजूर नहीं था। कहती थीं, "इतना छोटा घर, साँस भी न ली जाए हमसे। लोग एक ही स्थान पर खड़े होकर सारा काम कर लेते हैं। इधर से थाली लिया, उधर से कप, इधर नल, उधर चूल्हा। इसीलिए लोगों का मन बहुत छोटा हो जाता है। वे कंजूस हो जाते हैं। कितनी बार कहा गाँव में मकान बना लो। महीने में एक-दो बार आ जाया कर। मानता ही नहीं।"

बेटियों की ससुराल में रहना उनके लिए अपने आत्मसम्मान को ठेस पहुँचाने वाली बात थी; जबकि दीदियों को कभी ऐसा लगता नहीं था। वे उन्हें अपने साथ रखना चाहती थीं। इस बात पर हमारे बीच बहुत बहस होती रहती थी। एक दिन उन्होंने कहा, "मैं बेटी और दामाद के घर पर रहूँ, यह समाज की नजर में अच्छी बात नहीं है। कहीं उन्हीं के

घर पर मर-मुरा गई तो? लोग तुम्हारे बड़े भाइयों पर थूकेंगे नहीं? तुम्हारे भाई इस बात पर तुम लोगों से नाराज नहीं होंगे? वैसे भी अपना घर, अपना गाँव छोड़ना आसान होता है क्या? यहीं मरूँगी। अपने ही दम पर मेहनत करके खाते हुए शान से विदा होऊँगी।"

चहल-पहल, शोर-शराबे थम जाएँ, लेकिन आदमी फिर भी उनकी स्मृतियों से ही चिपका रहना चाहता है जीवन भर। उसकी याद में वह अतीत का हर कोना रोज तलाशता रहता है। यह तलाश अवसाद बनकर घुन की तरह क्षण-क्षण उसको खाती रहती है—जब तक कि वह इससे मुक्त न हो जाए—तब तक रोज बिलबिलाता हुआ यह मन इस शरीर को चाहकर भी छोड़ नहीं पाता।

स्मृतियाँ नहीं मरतीं, लेकिन इसके साथ ही रहकर इससे मुक्त भी तो हुआ जा सकता है। जबकि माँ ने इसी को अपने लिए सजा बना ली थी। चाहतीं तो बहुत पहले ही इससे मुक्त भी हो सकती थीं...।

आजा के बच्चे उनसे नाराज होकर लड़ते-झगड़ते थे, लेकिन वह उन्हें अपनी बेबाक, बेपरवाह हँसी के साथ हवा में उड़ा देतीं। एक बार उनके दूसरे बेटे माँ के पास उनकी शिकायत लेकर आए। उन्हें यह बिलकुल पसन्द नहीं था कि इस उम्र में उनकी माँ बॉय फ्रेंड-सॉय फ्रेंड के चक्करों में पड़कर खानदान की जगहँसाई करवाएँ। वह बहुत ही परेशान थे। वह उन्हें अपने साथ ले जाना चाहते थे। माँ ने उलटा उनको ही यह कहते हुए खूब डाँट लगा दी, "क्या परेशानी है आखिर? अब तुम लोगों का अपना-अपना परिवार है। उसे सँभालो न। मैं बड़ी बहू हूँ। उसकी शादी तुम्हारे पिताजी से मैंने करवाई थी। जब तक तुम लोग छोटे थे, तुम्हारे पिताजी जिन्दा थे; उसने गृहस्थी खूब अच्छी तरह सँभाली। कोई कमी नहीं रखी।

मुझे कोई समस्या नहीं है। तुम लोगों को क्यों होनी चाहिए? वह तुम्हारी माँ है। उसके इस व्यवहार से माँ होना कम हो जाता है क्या? वह खुश है। इससे तुम नाराज क्यों हो? तुम्हारी इज्जत उसकी योनि में नहीं है, समझे!"

इसके बाद कभी भी किसी ने भी आजा से उस बाबत बात नहीं की। उनके बच्चों ने उनसे अन्त तक बहुत प्रेम किया। उनका खूब खयाल रखा। बाद के दिनों में वह उनके साथ चली गईं। गाय-गेका से एक और घर गायब हो गया। एक और घर जंगल में तब्दील हो गया।

इधर मेरी माँ का रुदन और अधिक बढ़ गया। बाद के दिनों में बहुत सारी बिल्लियाँ उनके साथ रहने लगी थीं। घर में वे भागना-दौड़ना करती रहती थीं। दरवाजा खुला रहता था। हाथों का तकिया बनाकर मेरी माँ पैरों को सिकोड़े सोते हुए मिला करती थीं...।

वह धीरे-धीरे मर रही थीं। उनके लिए चाची बहती हुई स्वच्छ नदी थीं या इनसानी आवाजों की कमी को गाय-गेका में पूरा करने वाली कोई स्त्री...दोनों ही बातें शायद सही हैं।

और माँ अकेली रह गईं

हमारा घर बहुत बड़ा और लम्बा था। पार्टीशन के नाम पर बीच-बीच में अपना-अपना 'अरंग' (स्टोर रूम) होता था जो प्रत्येक परिवार की एकान्तता को थोड़ा-बहुत बचाए रखता था। बाकी सब खुला। सब लोग एक-दूसरे को देख सकते थे। छह परिवारों का अपना-अपना चूल्हा (अलाव) जला करता था। ये चूल्हे एक ही सीध में, एक ही पंक्ति में, एक ही आकार-प्रकार के होते थे। अँधेरे में जब एक साथ ये जलते तो

हमारा घर रोशनी से भर जाता। घर इतना लम्बा था कि इस द्वार से उस द्वार के किनारे जल रहा चूल्हा और आदमी छोटे-छोटे दिखते थे।

बहुत चहल-पहल रहती थी; कोई गुनगुना रहा है, कोई लेट रहा है, कोई फुसफुसाकर बातें कर रहे हैं, कोई भोजन पका रहा है, कोई रोते बच्चे पर चिल्ला रहा है, कोई उन्हें मना रहा है, किसी ने चिमटे से कुत्ते को मारा है, कुत्ता काएँ-काएँ-काएँ करते हुए इधर से उधर दौड़ रहा है...। हम बच्चे इधर से उधर जब दौड़ते तो बम्बू का बना घर 'छाँग-छाँग-छाँग' कर आवाज करने लगता था। घर वाले कभी एक-दूसरे से गाली-गलौच करते, कभी 'ओपो' बाँटकर पीते, कभी एक-दूसरे की मदद कर रहे होते तो कभी साथ-साथ रो रहे होते थे।

एक ही घर में रहकर भी सभी परिवार निजी तौर पर स्वतंत्र थे। अपने-अपने निजी पारिवारिक निर्णय लेने के लिए वे स्वतंत्र थे। किसी का भी किसी दूसरे परिवार की निजी सीमा में अतिक्रमण वर्जित था। पूरे खानदान की बात आती तो सब मिलकर विचार-विमर्श करते थे। उनका अपना-अपना खेत-खलिहान, जमीन, जंगल, अपना-अपना गोदाम, पशु-पक्षी इत्यादि होते थे। इससे सामूहिकता की भावना बनी रहती थी, साथ ही व्यक्तिगत और पारिवारिक निजता भी अपना स्थान बनाए रखती थी।

दादाजी की दूसरी पत्नी और हमारी दादी अपने बच्चों के साथ 'ब्यातुंग' (दूसरे द्वार) की तरफ रहते थे। और हम लोग 'ब्याग' की तरफ। ब्यातुंग सूर्यास्त की तरफ और ब्याग सूर्योदय की तरफ का द्वार होता है। दोनों के बीच चाचा-चाची, भैया-भाभी के परिवारों के चूल्हे जलते थे। खैर, दादाजी की मृत्यु हो गई, फिर मेरे पिताजी की। इसके बाद धीरे-धीरे चाचा-चाची, भैया-भाभी अलग-अलग जगहों में अपना-अपना

घर बनाने लगे। एक-एक करके कतारों में जलने वाले चूल्हे बुझते गए। लम्बा सा रेल का कटा हुआ डिब्बा सा हमारा वह घर तोड़ दिया गया। उसके स्थान पर सिर्फ एक चूल्हा वाला छोटा-सा घर खड़ा हो गया। उसमें मेरी माँ अकेली रह गईं। "बरसों सेवा कर ली, शरीर सख्त हो गया है, अब अपने बच्चों के साथ आराम करते हुए मरूँगी," कहते हुए छोटी माँ भी अपने बड़े बेटे के यहाँ रहने चली गईं।

हमारे घर का खम्भा कमजोर था या उसकी बुनियाद? पिताजी के जाने के बाद मानो माला की डोर टूट गई...बीड्स बिखर गए। उस परिवार में माँ का स्थान क्या था फिर? वह तो जबरदस्त स्त्री थीं। पिताजी भी उनसे डरते थे। लगता था उन्हीं के कारण परिवार जुड़ा हुआ था, लेकिन यहाँ तो कुछ और ही हो गया।

और वह लड़की—रीना। वह भी भाग गई। बेटियाँ जब ब्याह कर चली जाएँगी तो वह साथ रहेगी, सहारा बनेगी। माँ यही कहकर उसे घर ले आई थीं। उसके पिताजी ने उसे छुटपन में ही बेच दिया था। हम बहनों की तरह पले-बढ़े। कोई कमी नहीं रखी उसके पालन-पोषण में। बस उसे स्कूल जाने की इजाजत नहीं थी। मैंने तो माँ से कहा भी था कि उसे हमारे साथ स्कूल जाने दे, लेकिन कहती थीं, "खेती-बारी कौन करेगा? उसकी देखभाल के लिए कोई तो चाहिए न?"

मिम्पुंग और हिन्दी भाषा

मेरी माँ के चले जाने के छह वर्ष बाद कैंसर से चाची आजा की मृत्यु हुई। जब उनका 'सिम्यी दनाम' हुआ; मैं भी गई। यह एक तरह का रिवाज

होता है। लोग अपने जीवन के अन्तिम दिनों में रिश्तेदारों को आमंत्रित करते हैं। एक भोज का आयोजन होता है। सभी लोग बीमार व्यक्ति से मिलते-बतियाते हैं। अपना अन्तिम सन्देश व्यक्ति देता है। कई बातें होती हैं। कोई अधूरी बात रह गई हो, तो उस पर भी चर्चा की जाती है।

'सीखिन बेनाम' अथवा 'सिम्यी बेनाम' मरते हुए व्यक्ति द्वारा व्यक्त की गई अन्तिम इच्छा होती है। इस दिन जो कुछ उसके द्वारा कहा जाता है उसका बड़ा महत्त्व होता है। माना जाता है कि ऐसा नहीं होने पर मृतात्मा पूर्वजों के पास न जाकर यहीं संसार में भटकती रहती है, और रिश्तेदारों को परेशान करती रहती है। दुश्मनी तक को इस दिन छोड़ दिया जाता है। सब लोग मिलकर एक साथ भोजन करते हैं। टूटे रिश्ते भी यहाँ जुड़ जाया करते हैं। अक्सर इससे सौहार्द फिर से स्थापित हो जाता है।

'सिम्यी' अर्थात अन्तिम इच्छा, तथा 'दनाम' अर्थात भोजन। इसका भावार्थ है—सारी अधूरी इच्छाओं को भोजन की तरह चबा जाना और उससे सदा के लिए मुक्त हो जाना। भोजन शरीर का प्रथम सत्य है; इसी से यह बना है। सामाजिक जीवन रिश्तेदारों के तानों-बानों से बुना है। इसीलिए अन्तिम विदाई भी इन्हीं से होनी चाहिए।

पूर्वजों द्वारा दिए गए इस तरह के रिवाजों ने हमारे समाज में अलिखित कानून बनकर सन्तुलन को बनाए रखने में सदा अपना योगदान दिया है।

बहुत समय बाद उस रोज, आजा चाची के सिम्यी दनाम के दिन—कुछ लोगों को छोड़कर हमारे खानदान के सब लोगों को एक बार फिर से एक साथ देखा; चाचा-चाची, ताऊ-ताई, भैया-भाभी, मामा-मामी आदि। कोई मीट जला रहे हैं, कोई आग फूँक रहे हैं, कोई पानी ला रहे हैं, कोई खड़े-खड़े हुक्म दे रहे हैं, और कोई उस पर खीजता हुआ पैर

पटक रहा है, कुछ गोल घेरा बनाकर बैठे बतिया रहे हैं, कोई रोगी के पास बैठकर उनकी सेवा कर रहे हैं...।

चाचा ताबा (जो फौज में हुआ करते थे), काला चश्मा लगाए एक और चाचा के साथ बैठे बतिया रहे थे। मुझे फोटो खींचते देख खूब स्टाइल से पोज देने लगे। गाल पिचक गए थे उनके, पहले से अधिक दुबले और बूढ़े भी। लेकिन खूबसूरत मुस्कान अब भी वैसी ही थी। बगल में उनकी अर्द्धांगिनी 'मिम्पूंग' होंठों के नीचे अब भी खैनी डाले खड़ी मुस्कुरा रही थीं।

उम्र के अलावा मिम्पूंग और आजा दोनों में कुछ हैं जो एक-दूसरे से मिलते-जुलते हैं—बहनें लगती हैं। लम्बा चेहरा, उसमें हरदम खिलती मुस्कान, छरहरी बदन, अच्छी कद-काठी, घुँघराले बाल, होंठों के नीचे दबी खैनी और खुशमिजाज।

जब हम लोग साथ-साथ एक ही लम्बे घर में रहते थे; मिम्पूंग चाची कभी-कभी चाचा के साथ कई महीनों के लिए फौजी कैम्पों में जाया करती थीं। तब उनके खेतों और अन्य सामानों की देखभाल सब लोग मिलकर कर देते थे। फौजी पति के साथ रहकर हिन्दी सीख आईं। तब से गाहे-बगाहे हिन्दी बोलने लगी थीं। मेरे पिताजी की मृत्यु के बाद भाभी-भैया, चाचा-चाची इत्यादि में झगड़े होने लगे। घर टुकड़ों में बँट गया।

अपने यहाँ चार बजे ही शाम हो जाया करती है, सुबह चार बजे सूरज निकल आता है। उस रोज उनको देखकर मुझे बचपन का एक वाकया याद आ गया। हुआ यूँ था—एक शाम वह हमारे घर आई थीं—कहने लगीं, "हम जब एक साथ रहते थे न, तब सब कुछ अच्छा था। साथ-साथ खेती-बारी करते थे। साथ उठते-बैठते थे। तुम्हारी चुगलखोर

और झगड़ालू भाभी ने सब कुछ बर्बाद कर दिया। घर को टुकड़ों में बाँट दिया। खैर जाने दो। मैं तुमको एक घटना बताती हूँ," उन्होंने पी रखी थी। हल्के नशे में लग रही थीं, "कल रात भर मैं नहीं सो पाई।" मैंने पूछा, "क्यों?" "अरे क्या बताएँ! भूतों ने परेशान कर रखा था। हम लोग खा-पीकर सोने लगे। बाहर धप्प-धप्प-धप्प-धप्प करके किसी के चलने की आवाज आई। वह लगातार आ रही थी। तुम्हारे चाचा तो हैं नहीं, बच्चों की रक्षा भी मुझे ही करनी होती है न। ऊपर से मुझे न्यीशी आती नहीं। फौजी लोगों के साथ रहकर अपनी भाषा ही भूल आई। इसीलिए मैंने हिन्दी में ही पूछा—कून हाय? कोई जवाब नहीं आया। धप्प-धप्प की आवाज आनी बन्द हो गई। थोड़ी देर बाद फिर धप्प-धप्प-धप्प... पक्का यकीन हो गया...हो न हो ये भूत ही है। आदमी होता तो जवाब न देता? मुझे न्यीशी आती नहीं, तो मैंने फिर पूछा—कून हाय? फिर आवाज आनी बन्द हो गई। थोड़ी देर बार फिर धप्प-धप्प-धप्प...मैंने पूछा—कून हाय? इसी तरह रात भर चलता रहा।"

यह सब वह न्यीशी भाषा में ही कह रही थीं! और कहती भी जाती थीं—"मुझे न्यीशी आती नहीं!" चाची अपनी बात न्यीशी भाषा में ही जारी रखे हुए थीं—कह रही थीं, "आज दो हिन्दी फिल्में देख आई हूँ—लाल दुपट्टा मलमल का और आवाज दो कहाँ हाय? गाना गाकर सुनाऊँ? बोलो, सुनाऊँ?" वह 'हाय' पर जोर लगाकर अजीब ढंग से कहती थीं। देर तक चाची गाती रही थीं अपनी अनाप-शनाप हिन्दी में।

आजा चाची के चेहरे पर भी 'सिम्यी-दनाम' के दिन यही मस्ती थी। अन्तिम यात्रा के वक्त अपने रिश्तेदारों को एक साथ फिर से देखने का सुख उनके हाव-भाव से स्पष्ट झलक रहा था। इस रिवाज के साथ

अन्तिम विदाई लेने का सपना मेरी माँ का कभी पूरा नहीं हुआ। लेकिन अपने जीते-जी उन्होंने पिताजी के लिए इसका शानदार आयोजन किया था। दूर-दूर से रिश्तेदार आए थे। भारी भीड़ हुई थी। तब तक भाइयों के बीच भी इतना झगड़ा नहीं हुआ था। पिताजी का अन्तिम वाक्य था माँ के लिए, "तुम्हारी अपनी बेटियाँ हैं, इससे तुम मेरी बहन की उपेक्षा मत करना। उसको मेरी कमी मत खलने देना। मैं उससे बहुत प्रेम करता हूँ।"

माँ ने अन्तिम साँस तक उनकी बातों का मान रखा।

छोड़ी हुई बस्तियाँ
जाता हूँ बार-बार घूम-घूम के
मिलते नहीं वो निशान
छोड़े थे दहलीज चूम-चूम के।

—गुलजार

रे

गाँव में 'रे' होता है। एक परिवार के खेत पर गाँव के प्रत्येक घर से कोई-न-कोई आदमी भाग लेते हुए एकत्रित होता है। घास छीलने से लेकर घास जलाने, धान रोपने-काटने तक सब लोग मिलकर एक-दूसरे के खेतों में काम करते हैं। एक-दूसरे की मदद करते हैं। इसका एक नियम भी निश्चित है; किसी परिवार के यहाँ से 'रे' के रूप में एक आदमी आता है किसी के खेत में, तो उसी के अनुसार बदले में उसके भी खेत पर एक आदमी ही 'रे' जाता। इसी तरह दो, या तीन अपनी सुविधानुसार लोग किसी के खेत पर 'रे' जाते हैं और बदले में अपने खेत पर भी उतना ही आदमी का सहयोग मिलता है।

स्कूल से मैं घर आ गई। गर्मियों की छुट्टियाँ चल रही थीं। ठीक उसी वक्त धान के खेतों के लिए मेहनत शुरू हो जाती थी। दीदियों की शादी हो गई। उस वक्त घर में माँ और मेरे अलावा मेरे एक बड़े भाई 'ताराम' भी थे। उनकी दिमागी हालात ठीक नहीं थी। घूमते-भटकते रहते

थे। कुछ दिन से लगातार वह हमारे घर पर जमे हुए थे। मक्खी-मच्छरों की तरह गुन-गुन-गुन करते हुए बुदबुदाते रहते। बिना बात हँसते रहते थे। दरवाजे पर कोयले से अपनी बेटी का नाम उकेरते हुए उसे पुकारते रहते थे; "नातो, नातो।"

उनका परिवार याजाली में रहता है। हमारे गाँव से बहुत दूर। कई बार उन्होंने माँ को लकड़ी से मारा। उनका बाल खींचा। उनके कारण वह बीमार भी पड़ गई थीं। मुझे अजीब सा डर लगता था उनसे। लेकिन किसी दिन वह दिखाई न दें तो मैं और माँ दोनों उन्हें ढूँढ़ने निकल जाते। बहुत ही कम समय में वह बहुत दूर निकल जाते थे। हम दोनों उन्हें कभी नहीं पकड़ पाए। इसके बाद माँ का रोना कभी-कभी मुझे गुस्सा दिला देता था।

एक दिन हमारे खेत पर 'रे' हुआ। यह घर से दूर जंगल के बीचो-बीच था। चारों तरफ पहाड़ था। एक नदी भी बहती है इसके और सड़क के बीच। दूर से सड़क का थोड़ा-सा हिस्सा ही दिखता था। गाड़ियों की आवाजों को बीच-बीच में सुना जा सकता था। मैं जानती थी कुछ भी कर लो गाड़ियों को हम नहीं देख सकते, लेकिन मैं फिर भी कभी सिर टेड़ा करके, कभी ऊँचा करके उन्हें देखने का प्रयास करती ही रहती थी।

हमारे इस खेत की सीमा से लगकर एक और खेत था; जिसमें खेती-बारी अवश्य होती थी, धान की फसल भी लहलहाती थी। लेकिन यह उस सड़क की तरह था जो जिन्दा लेटा हुआ तो है लेकिन इसमें काम करने वाले लोग दौड़ती गाड़ियों की तरह दिखते नहीं थे। मैंने वहाँ काम करते हुए कभी किसी को नहीं देखा। यह हमारे पड़ोस के गाँव के किसी आदमी का था।

बारिश का मौसम था। हल चलाते नहीं थे। कुदाल से जमीन को काट-काट कर मिट्टी को फसल बोने लायक बनाना था। इसे स्थानीय न्यीशी भाषा में 'सप्पा पानाम' कहा जाता है। यह काम एक ही दिन में आमतौर पर पूरा हो जाया करता था। यह सबसे मेहनत का काम होता था। चूँकि माँ अकेली थीं, उनके खेत पर 'रे' में बहुत कम गाँव वाले आए। अकेली कितनों के खेतों पर वह जा सकती थीं भला!

एक वक्त हुआ करता था जब गाँव वाले मना करने के बावजूद हमारे खेतों पर 'रे' के लिए आते थे। कोई गाँव वाले न भी आएँ तो हमारे अपने घर वाले ही काफी होते थे। खूब अधिक भोजन-पानी का इन्तजाम हुआ करता था। पलक झपकते दो-तीन धान के खेत फसल बोने के लिए तैयार हो जाया करते थे।

मेरे माता-पिता गाँव के सबसे सम्पन्न लोगों में से थे। अब जिन्दगी ने अपना दूसरा पन्ना खोल दिया था जिसे माँ के साथ-साथ मुझे भी पढ़ना था।

उस दिन 'सप्पा पानाम' अधूरा रह गया। सूरज के ढल जाने पर थककर लोग बिना कुछ कहे खामोशी से अपने-अपने घर की ओर जाने लगे। कुदाल, बर्तन इत्यादि की हल्की टंकार ही सुनाई दे रही थी। माँ रोने लगीं। मैंने बहुत कोशिश की उन्हें मनाने की, लेकिन वह रात वहीं खेत पर ही बिताना चाहती थीं। एक औरत ने उनके पीछे-पीछे चल रहे ताराम से कहा, "जा वापस जा! देखा नहीं तेरी माँ रो रही हैं?" उन्होंने हमारी तरफ देखा, हँसते-बुदबुदाते हुए लौट आए। उनके लौट आने से मेरा भय पहले से अधिक बढ़ गया।

संध्या के उस गोधूली में गाँव वाले पहाड़ के ओट में प्रात:कालीन तारों की तरह धीरे-धीरे विलीन होते गए। मेरा मन उस शाम अपने भारीपन

के साथ डूब रहा था...मैं घर जाना चाहती थी। दिन भर की मेहनत के बाद आराम से रजाई तानकर सोना चाहती थी...।

किनारे पर एक 'ताबियो' (मचान) था; घास-फूस और लकड़ियों का बना। इसे पिताजी ने ही बनाया था। घास-फूस की छत थी लेकिन चारों ओर दीवारें नहीं थीं। लकड़ियों के पतले खम्भों के सहारे इसे जमीन से कुछ ऊँचाई पर बनाया गया था—ताकि पानी के कारण किसी तरह की कोई समस्या न हो। दिन में जब लोग काम कर रहे हों तो यहाँ भोजन इत्यादि तैयार करने से सम्बन्धित काम किए जाते थे। इसे सोने के लिए नहीं बनाया गया था। बीच में एक छोटा-सा चूल्हा था। माँ ने उसमें आग जलाई। सामने एक पत्थर था, पिताजी जिस पर बैठकर उसी से हमेशा बतियाते थे। मुझे भी उसे स्पर्श करते हुए संवाद करने को कहते थे। वह अब भी वहीं पर खामोश लेटा हुआ था।

रात गहराती जा रही थी। झींगुर चिल्लाने लगे थे। दिन में खेत के चारों तरफ रक्षक की तरह खड़े पहाड़ अब विशालकाय राक्षस बनकर डराने लगे। अन्धकार में हमारा खेत भी दृष्टि से ओझल हो गया। मच्छरों ने अपना धावा बोल दिया था हम पर। माँ खाना पका रही थीं। अलाव के उस पार ताराम भैया बुदबुदाते हुए हँस रहे थे। कभी मुझे देखते, कभी माँ को। एक बार तो उन्होंने इतना जोर से ऊऽऽऽ कहकर चिल्लाया कि उनकी आवाज पहाड़ों से टकराकर हमारी तरफ लौट आई। पक्षियों की अजीब-अजीब आवाजें आने लगीं। दूर से 'केर्र-केर्र-केर्र' की आवाज आई। मैं डरकर सिकुड़ने लगी। ईमानदारी से कहूँ; उस वक्त मेरे सामने मेरा भाई नहीं, सिर्फ एक पागल आदमी बैठा हुआ था, जिससे मैं बहुत डर रही थी। गाँव में आसपास लोग होते हैं—तब ठीक रहता है। इधर

हमारे अलावा कोई नहीं था। वह बहुत शक्तिशाली भी थे शारीरिक रूप से। माँ निश्चिन्त थीं। इससे मुझे उन पर और गुस्सा आ रहा था।

हम खाना खाकर अलाव के किनारे लेटने लगे। यदि माँ अलाव की तरफ लेटती हैं तो मैं जंगल की तरफ होती थी। दीवार थी नहीं, ऊपर से इतना अँधेरा था, अत: इस तरफ से भूतों के आने का अन्देशा अधिक था। यदि मैं अलाव की तरफ लेट जाती हूँ तो उस तरफ एक पागल आदमी था जो आधी जली लकड़ी उठाकर मुझ पर कभी भी वार कर सकता था। माँ ने कहा, "कुछ नहीं होगा, अलाव की तरफ लेट जा।"

हम सोने आए ही नहीं थे इसलिए हमारे पास ओढ़ने के लिए कपड़े भी नहीं थे। कभी लगता पाँव को भूत खींच लेगा, कभी लगता सिर को। क्योंकि चारों ही तरफ से खाली, घुप्प अँधेरा झाँक रहा था। बारिश होने लगी। माँ ने अपना गाले (कमर पर लपेटकर पहना जाने वाला वस्त्र) को निकालकर मेरे ऊपर डाल दिया। आग बुझने लगी...मेरा मन भी उसके साथ बुझने लगा। भैया जरा सा करवट भी लेते तो मैं थर-थर काँपने लगती। वह ठंड से सिकुड़कर सो रहे थे।

दोनों माँओं से पाँच लड़के और चार लड़कियाँ हुईं। दो लड़के छोटी माँ से थे जिनमें एक मुझसे कुछ छोटा था, बाकी मेरी माँ के गर्भ से जन्मे थे। ताराम भैया की शादी माँ ने अपनी भांजी से करवाई थी। कहते हैं इससे सास-बहू के बीच अधिक अपनापन और प्यार बढ़ता है। पारिवारिक रिश्तेदारी भी अच्छी निभती है। पिताजी चल बसे। इधर भैया पागल होने लगे। माँ के बहुत रोने-मनाने के बावजूद भाभी घर छोड़कर चली गईं। याजाली में अपना घर बना लिया। सुना था भैया को उन्होंने घर से निकाल दिया। इसके बाद वह दर-बदर घूमने-भटकने लगे। भाभी

को लेकर हमने कभी भी गलत नहीं कहा, न ही सोचा। माँ बस इतना ही चाहती थीं वह उनके साथ गाँव में रहें लेकिन ऐसा नहीं हुआ।

खैर, धीरे-धीरे ठंड और बढ़ने लगी। नींद मुझसे कोसों दूर थी। आँख बन्द करूँ तो लगता था कोई मुझ पर वार करने ही वाला है। खोलूँ तो जंगल का अँधेरा खाने को दौड़ता। बीच-बीच में मेढकों की आवाजें आती थीं। अचानक ऊऽऽऽ करके जोर से चिल्लाते हुए भैया उठकर बैठ गए। उनकी आवाज पहाड़ों से टकराकर फिर लौटकर आ गई। मैं माँ से चिपक गई। इसके बाद वह खूब जोर-जोर से हँसने लगे। बीच-बीच में ऊ-ऊ करके चिल्लाते और अपनी ही आवाज को लौटते देख खूब ताली बजा-बजा कर हँसने लगते। थोड़ी देर बाद उन्होंने आग जलाई। अब वह खामोशी से आग ताप रहे थे। लकड़ी खत्म हो रही थी। वह नीचे उतर गए। भीगते-भागते कुछ लकड़ियाँ बीन लाए।

माँ उठकर बैठ गईं। इसके बाद जोर-जोर से कई बातें अपने-आप से कहते हुए रोने लगीं। भैया आग को सँभाल रहे थे; इधर माँ रोने और चिल्लाने को। घर पर होती तो उन पर गुस्सा करती, लेकिन उस वक्त उन दोनों का ऐसा करना मुझे अच्छा लग रहा था! क्योंकि इससे अँधेरे के प्रति जो डर मेरे भीतर था वह हल्का हो रहा था। बहुत देर तक यह सब चलता रहा। इसके बाद भैया लेट गए। माँ भी शायद थक गई थीं। वह भी लेट गईं।

एक बार फिर खामोशी छा गई। पहले की तरह आग धीरे-धीरे बुझने लगी। मेरा मन भी बुझने लगा। अँधेरा डराने लगा। मच्छरों की चिढ़ पैदा कर देने वाली आवाजें फिर से शुरू हो गईं। जंगल से अजीब-अजीब आवाजें आ रही थीं अब भी। कीट-पतंगे अपनी-अपनी आवाज में चिल्लाने-गाने लगे। माँ खर्राटे बजाने लगीं। मैं डरकर सिकुड़ने लगी।

कुछ समय बाद भैया फिर से ऊऽऽऽ करते हुए उठकर बैठ गए। मेरी जान में जान आई। उनकी आवाज पहाड़ों से टकराकर फिर लौट रही थीं। भैया मच्छरों और ठंड से शायद परेशान थे। उन्होंने आग जलाई। नीचे उतर गए और भीगते-भागते लकड़ी बीन लाए। आग तापते हुए बुदबुदाने और हँसने लगे।

पता नहीं उस अन्धकार में उनको लकड़ियाँ कैसे दिख जाती थीं! भटकते रहने का शायद यह अभ्यास था। माँ भी उठ गईं। उन्होंने पहले नीचे उतरकर पेशाब किया, इसके बाद आराम से वापस आकर बैठ गईं और रोना शुरू कर दिया—जोर-जोर से—कभी पिताजी को पुकारतीं, कभी अपने मृत माता-पिता को, कभी अपनी किस्मत को कोसतीं, कभी सूरज से उनको देखते रहने को कहतीं, कभी अपने नालायक पुत्रों को कोसतीं, कभी उस लम्बे घर की चहल-पहल को याद करतीं।

अबकी बार दोनों के रोने-हँसने के उस क्रिया-कलाप में मैं भी शामिल हो गई। मैंने उठकर ऊऽऽऽ-ऊऽऽऽ-ऊऽऽऽ करके चिल्लाना शुरू कर दिया। मेरी आवाजें पहाड़ों से टकराकर लौटने लगीं। मैं उन दोनों से अधिक तीखी आवाजें निकाल रही थी। कुछ देर के लिए दोनों चुप हो गए। मेरी तरफ हैरान होकर देखने लगे। हम तीनों क्षणभर एक-दूसरे को देखते रहे। भैया ने अचानक ऊऽऽऽ किया। इस बार उन्होंने बिना साँस लिये लम्बा 'ऊऽऽऽ' खींचा था। मैंने पहले से अधिक तेज आवाजें निकालना शुरू कर दिया; ऊऽऽऽ-ऊऽऽऽ-ऊऽऽऽ। माँ हँसने लगीं। एक बार उन्होंने भी जोर से ऊऽऽऽ किया। उनकी आवाज भी वैसे ही लौट आई। हम लोग जोर से चिल्लाने के बाद अपनी ही आवाज को कान लगाकर सुनते थे। इशारे से एक-दूसरे को चुप रहने को कहते।

३

हम अपनी-अपनी आवाज को पहचान सकते थे। वे भिन्न-भिन्न थीं, लेकिन पहाड़ों से टकराकर आपस में घुल-मिल भी रहे थे! मछलियों की तरह इधर से उधर पहाड़ों से टकराकर वे तैर रही थीं। हमने अपनी ही आवाज को पहाड़ों में भटकते हुए सुना। हम ही केन्द्र थे। हम ही से वे निकलतीं, भटकतीं और हमारे पास ही लौट-लौट आती थीं। किसको पुकार रहे थे हम? किससे शिकायत कर रहे थे? किसको अपना दर्द सुना रहे थे? कौन सुन रहा था हमें? हमारी आवाजें तो हमारी ही तरफ लौट-लौट कर आ रही थीं। पहाड़ और जंगल के तो कान होकर भी उनके कान नहीं थे।

मुझे बहुत मजा आने लगा। अब हम तीनों मिलकर खूब ऊ-ऊ-ऊ करने लगे। खूब हँसने लगे। डर का नामोनिशान मिट गया। बारिश अब भी हो रही थी। जंगल और हमारे सिवा दूर किसी गाड़ी के चलने की आवाज भी नहीं थी। सामने न माँ थीं, न कोई पागल आदमी था, और न ही मैं खुद। उस क्षण बिना शरीर, बिना सिर और बिना मन वाले लोग थे हम; निपट प्रकृति। जंगल ने क्षणभर के लिए हमें आँख और हृदय प्रदान किया था। अन्धकार में हमने पहली बार एक-दूसरे को करीब से देखा। हृदय प्रफुल्लित हो गया। हमारा साथ होना स्वत: ही आनन्दमयी गीत बन गया।

हम तीन अजनबी लोग थे, जो उस वक्त अपने-अपने हिस्से की कहानियों को लिये अपने-आप से ही बातें कर रहे थे। वे हमारी अपनी ही प्रतिध्वनियाँ थीं।

स्वप्न-सी वह एक रात...जंगल ने एक अगाग काव्य रचा था। हम उसके अक्षर थे। हमने ही साथ-साथ उसको पढ़ा भी था। हम नहीं

पढ़ते तो और कौन पढ़ता? अँधेरे की मदद से बहुत कुछ देखा जा सकता है...।

कुछ क्षण बाद जंगली मुर्गों के बाँग देने की आवाजें आने लगीं। सुबह होने को थी। उजाला फैलते ही हमारी सबसे बड़ी दीदी 'याना' अपने कई साथियों के साथ आ गईं। उन्हें देख मैं खुशी से उछल पड़ी। खुशी तो उनको देखकर हमेशा ही होती थी लेकिन उस सुबह की बात ही कुछ और थी। उन्होंने कहा कि उनको किसी ने खबर कर दी थी। वह रात-भर सो नहीं पाईं। बहुत सारा भोजन भी ले आई थीं। उस दिन हमारा खेत पूरा हो गया।

माँ ने घर वापस लौटने के बाद मुझे एक गीत सुनाया था। रेम्पुई जीजाजी का दिया मेरे पास एक टेप रेकॉर्डर था। माँ की आवाज आज भी मेरे पास सुरक्षित है। न्यीशी भाषा में है, लेकिन यहाँ मैं उसे हिन्दी में अनुवाद करके लिखने का प्रयास करती हूँ।

रिन्यी मेरी माँ का, ताताम पिताजी और ताराम मेरे बड़े भाई का नाम है—

मैं रिन्यी
गर्भ हूँ
जननी हूँ
आज सिर ढकने का वस्त्र तक नहीं मिल रहा
कमजोर होते घुटनों का सहारा खो गए
वह गर्भ थे,
तालुक पुत्र लुताम ताताम
अनन्त यात्रा को निकल गए

२

पर्वतों में चढ़ते लताओं में छिप गए
या
सड़े-गले मृत गिरे पेड़ों से घास बन उग आए?
क्या वह मुझे देखते होंगे?
साथ-साथ चलने का वादा था
झूठे निकले

मैं रिन्यी
वृक्ष हूँ
लताएँ मेरी टूटती गईं
जड़ें खो गईं
मैं हवा में उड़ता वृक्ष
मेरे सूर्योदय के साथी
लुताम ताताम
दोपहर को याद आए
शाम आए
सुबह आए
उसकी बेवफाई याद आई
ताताम पुत्र ताम्राम ताराम
पंख हैं उसके कंधों पर—मच्छरों वाला
उसकी बातें लोगों को क्रोधित करती हैं
दोनों हाथों को मलते मक्खियों सा
दिन-रात बुदबुदाता

संसार उस पर हँसता
थूकता है
उसके तन को रस्सियों की मानिंद खींचता और छोड़ता है
मेरे गर्भ का वह अंश
गोद में अपनी ममता का विश्राम दिया था
उसकी तोतली बोली में
संसार मेरा बसता था
मच्छर बन गया है वह
मैं लोलिन गेप*
रुदन गीत में रत हूँ

मैं रिन्यी
दास-दासियों की मालकिन
जो चाहा पाया
अब कोई साथी हैं न मेरे लिए कोई पुकार
मेरे केश बिखरे हुए हैं
घुटने सीधे नहीं होते
पर्वतों में लताओं के सहारे चढ़ना चाहती हूँ
लताएँ नाराज हो गईं
लाठी के सहारे नदी पार करना चाहती हूँ
नदी नाराज हो गई
पोर-पोर टूट रहा है शरीर का

---

* लोलिन गेप—एक पक्षी का नाम।

रे

ठूँठ पर बैठा वृद्ध गिद्ध हूँ
हे माता सूरज!
तेरी ही तरह माता हूँ
गर्भ हूँ
अकेली हूँ
सपनों में आकर हौसला बढ़ाना
सम्बल देना मुझको

रंग और मेरी माँ

कभी-कभी सोचती हूँ, मेरी माँ पढ़ी-लिखी होतीं तो बहुत बड़ी कवयित्री होतीं। उनकी आवाज सुरीली नहीं थी लेकिन लोकगीत के धुन पर तत्काल कोई गीत बनाकर गा लेती थीं। बिना लिखे, बिना देखे, सहजता से बिना रुके गाते जाना...एक तरह की कसक थी उनके गीतों में, उनकी आवाज में, उनके स्वर लहरी में। उनको कभी भी किसी अन्य के गीतों को गाते नहीं सुना। कई कहानियाँ भी उन्होंने मुझे अपने ही अन्दाज में गाकर सुनाई थीं। पिताजी नहीं रहे। वह पहले से अधिक जिम्मेदारियों को सँभालने लगीं। पहले से अधिक नरम स्वभाव की हो गईं। कहती थीं, "माता-पिता का प्यार मुझे ही देना है अब।"

कठोरता अपने-आप चली गई—स्वत: ही। पहले बिना उनसे पूछे उनकी कोई भी चीज छूने से डर लगता था...अब आश्चर्यजनक रूप से बदल गया था सब कुछ।

एक दिन हम प्रवेश-द्वार के सामने वाले बागान में घास छील रहे

थे। मैंने कहा, "अम्मा, मकई के इन पौधों से ज्यादा सुन्दर तो फूल हैं। क्यों न हम हर तरह के रंगों वाले फूल यहाँ लगा दें?" वह देर तक कुछ नहीं बोलीं। मैं उनकी तरफ नजरें गड़ाए इन्तजार करती रही। अन्त में उन्होंने मुस्कुराकर मेरी तरफ देखते हुए कहा, "हम किसानों के लिए तो बागान की शोभा बढ़ती है तरह-तरह की सब्जियों से, मिर्ची और मकई इत्यादि से। फूलों को यहाँ जगह देने लगे तो हम भूखों मर जाएँगे।"

चिलचिलाती धूप में बागान के कोने में खड़ा वह पेड़, जिससे चिपककर मैं तब तक खड़ी रहती जब तक माँ घास छील रही होतीं। मुझे अक्सर लगता था कि वह हमें छाया देना चाहता है पर असमर्थ है। माँ के माथे पर चमकती जल की बूँदें, गले में लटकती लाल रंगों वाली बीड्स की माला का धूप में चमकते रहना, उनका तन्मय होकर गाते हुए घास छीलते रहना, सामने की सड़क पर दौड़ती हुई गाड़ियों को देखकर मेरे मन का ईर्ष्या से भर जाना...वह सब सुन्दर था—ऐसा कह नहीं सकती—लेकिन वह दृश्य मेरी आत्मा में सदा जीवित रहता है। माँ साक्षात् दिखने लगती हैं। कोई क्षण आपके साथ सदा रहने लगे तो वह न तो सुन्दर होता है न ही असुन्दर होता है...वह बस होता है—जिसके बगैर आप रहने को सोच भी नहीं सकते...बिना उसके आप शक्तिहीन महसूस करते हैं...। वह क्षण सिर्फ और सिर्फ आपका होता है।

जब से होश सँभाला तब से उनके गले में लटकती खूब सारी हल्के, गहरे और कुछ पीलापन लिये लाल रंगों की बीड्स की मालाओं को देखा था। वह कभी भी उन्हें अपने से अलग नहीं करती थीं। उन्हें काला रंग भी खूब पसन्द था। नीले रंग को वह स्त्रीत्व का प्रतीक बताती थीं। कहती थीं यह हमारे पूर्वजों ने दिए हैं। जब मेरा विवाह हुआ तब

तीन-चार महीनों से वह उसकी तैयारी करने लगीं। सबने मुझे खूब मनाने की कोशिश की कि मैं कम-से-कम बी.ए. की पढ़ाई तो पूरी कर लूँ। इतनी जल्दी विवाह की क्या आवश्यकता पड़ गई है। मुझ पर विवाह का ऐसा भूत सवार था कि क्या कहें। उससे मेरे बड़े भाई भी खूब बिगड़े। यहाँ तक कि वह मेरी सगाई में भी शामिल नहीं हुए।

शादी...बड़ा ही सुन्दर स्वप्न देता था। खैर, उसी दौरान माँ ने रंगों के बारे में बहुत सारी बातें बताईं। बीड्स को धागों में पिरोते हुए उन्होंने एक रोज किसी दोपहर में धान के गोदाम में बैठकर कहा था, "पढ़ाई कभी नहीं छोड़ना। बरसात जब होती है न, तब भी हम अपने खेतों में जाना नहीं छोड़ते। बढ़ते पौधों ने हमेशा हमारी थकान मिटाई है। जब कभी कोई जानवर इन्हें खा जाएँ तो भी हम खेती करना नहीं छोड़ते।"

हम दोनों में अनवरत संवाद चलता रहता था। हम पक्की सहेलियाँ थीं। कभी भी एक-दूसरे से नहीं ऊबे। कई बार तो रात भर हम लोग बातें करते रहते और दरवाजा तक बन्द करना भूल जाते थे। वह मुझे माता-पिता दोनों का स्नेह एक साथ देना चाहती थीं। मैं उनकी पीड़ा और प्रयास को समझकर उनके हृदय के और अधिक नजदीक पहुँचने का प्रयास करती।

दुल्हन का वस्त्र बहुत खास होता है। रंगों का खास खयाल रखा जाना बहुत जरूरी है। कन्धों से लेकर नीचे एड़ी तक श्वेत गाउन होता है। एक तरफ का कंधा ढका नहीं जाता। काले और सुनहरे रंगों का प्रयोग गाउन पर करना मनाही है। इन दोनों रंगों को मात्र लालूप (कोटनुमा वस्त्र) में ही प्रयोग कर सकते हैं। यह प्रभावशाली भाव उत्पन्न करता है। श्वेत को निर्दोष रंग माना गया है। इसमें दाग न लगे इसका खयाल हमेशा रखना पड़ता है, जिसके चलते आदमी सतर्क और होशपूर्ण रहता

है। मिट्टी के रंग लिये कमरबंध, और माथे पर मुकुट दुल्हन की स्निग्धता को और अधिक बढ़ा देता है। गले में लटकती नीले रंगों की मालाएँ मानो श्वेत तैरते बादलों के बीच से झाँकता आसमान का कोई टुकड़ा हो। माँ ने जब इन सब बातों को बताया था, उनके हाव-भाव में इनके प्रति श्रद्धा थी। कहती थीं, "रंग बोलता है। सुनने की कला सीखनी चाहिए। इन्द्रधनुष की तरफ उँगली कभी मत करना, वरना उँगलियाँ जल जाएँगी।"

हमारे यहाँ दूल्हे वालों की ओर से मिथुन, मीट, स्थानीय दारू, श्वेत शुद्ध सूती के कपड़े इत्यादि लड़की वालों को मिलते हैं। माँ इसका विरोध करती थीं। कहती थीं, "मैं अपना आभूषण अपनी बच्ची और दामाद को दे रही हूँ। उसकी कीमत क्यों लूँ? यह मेरी बच्ची है। इसके बदले मिथुन क्यों लूँ?" लेकिन उनकी आवाज दब गई थी रिवाजों के शोर में। लोगों ने उनकी इस बात को इस कान से सुनकर उस कान से निकाल दिया।

उनकी तबीयत उस समय से बिगड़ने लगी थी। कुछ थकान सी उतर रही थी चेहरे पर। लेकिन उन्होंने बारातियों के स्वागत-सत्कार में कोई कमी नहीं रखी। कई अनावश्यक रिवाजों का उन्होंने विरोध किया था। पिताजी नहीं थे पर उनकी कमी का अहसास उन्होंने हम बच्चों को कभी नहीं होने दिया। सारे गाँव को उन पर नाज था। मुझे कुछ-न-कुछ समझाती रहती थीं—आभूषणों का खयाल कैसे रखना चाहिए, कौन-कौन सा बीड्स अधिक कीमती है, उनके क्या-क्या नाम हैं इत्यादि। मुझसे उन्होंने एक दिन कहा, "यह जो कीमत देने और लेने की बात है न, यह गन्दा रिवाज है। क्या तुम चाहती हो कि तुझसे कोई कहे कि उन्होंने तुम्हें मिथुन देकर खरीदा है? काश तुम इसके विरोध में कुछ कह पातीं। अब क्या कहें? पढ़े-लिखे लोग ही इसे छोड़ना नहीं चाहते।"

मेरा मन भी खट्टा हो गया, लेकिन कोई मुझे सुनने वाला भी तो नहीं था। लड़के वाले मिथुन इत्यादि तो लेकर आएँगे ही, चाहे जितना मना करो। समाज में उनकी इज्जत का भी तो सवाल था। लोग कहेंगे, 'न्येदा' (विवाह) में इन लोगों ने कुछ नहीं दिया।

उनकी बीमारी के दिनों में कुछ समय वह मेरे घर पर भी रहीं। मेरे बरामदे में कई तरह के फूलों के पौधे लगे रहते हैं। उनमें अक्सर कोई-न-कोई खिला रहता है। एक दिन हम साथ बैठे हुए थे। हल्की मुस्कान के साथ वह कहने लगीं, "इन फूलों को देखकर मन प्रसन्न हो जाता है...स्निग्धता दिल में उतर आती है।" मैंने तपाक से कहा, "लेकिन अम्मा आप तो इन्हें अपने बागान में लगाना भी पसन्द नहीं करती थीं न? याद है?" उन्होंने जवाब में कुछ भी नहीं कहा। वह लगातार फूलों को देख रही थीं।

मैं जानती हूँ—उन्हें इनसे प्रेम था। बीड्स की रंग-बिरंगी मालाओं में इन्हें उन्होंने हमेशा अपने गले में धारण किया था। उनके गीतों में अनेक जंगली फूलों के नाम आते रहते थे। उनके लिए जंगली फूल हमेशा से ही था—खेतों में, पगडंडियों के किनारे, जंगलों में, स्मृतियों में और न जाने कहाँ-कहाँ। इन फूलों ने उनसे उनका समय कभी नहीं माँगा होगा। जब चाहो देखो, आनन्दित हो और आगे बढ़ जाओ। वे साथ-साथ चलते रहे होंगे।

हर रंग मुझको मेरी माँ की याद दिलाता है। आज भी मैं इन्द्रधनुष की तरफ उँगली कभी नहीं करती—इसलिए नहीं कि मेरी उँगलियाँ जल जाएँगी—बल्कि इसलिए कि उन्होंने मना किया था। इसी बहाने उनको जिन्दा रखना मुझे पसन्द है।

मेरा नाम यालाम है

नाम भी किसी को इतना हैरान-परेशान कर सकता है, यह मुझसे पूछो! नामों की कहानी ने मेरी जिन्दगी में जो मानसिक संघर्ष पैदा कर दिए थे, उसका हिसाब ही नहीं। जन्म के वक्त मेरा नाम रखा गया 'येरी'। येरी मतलब बस येरी। इसका कोई शाब्दिक अर्थ नहीं है। घर वाले मामी कहकर बुलाते थे। किस तरह यह शब्द पिताजी को मिला, यह कह नहीं सकती। उनको यह इतना अच्छा लगा कि उन्होंने मेरा नाम ही रख दिया 'मामी'। माँ ने अपनी तरफ से कई नाम रख दिए थे—कन्नू, नान्नु इत्यादि। बाकी लोगों ने माँ का अनुसरण नहीं किया; अत: समय के साथ ये सारे शब्द विस्मृत कर दिए गए।

नवीं कक्षा में मैंने मामी को बदलकर यालाम रख लिया—वनस्थली विद्यापीठ राजस्थान में। स्कूल में गैर आदिवासी लड़कियाँ हमेशा छेड़ती थीं—मामा-मामी, मामा-मामी। कब तक लड़ती उनसे। रास्ता बदल लेना ही उचित समझा। न रहेगा बाँस न बजेगी बाँसुरी—न मामी, न येरी—ओनली

यालाम। भूपेन हजारिका द्वारा बनाई गई एक अरुणाचली फिल्म है—मेरी माँ मेरा धर्म। मैंने उसे छुटपन में देखा था। उस फिल्म की हीरोइन का नाम होता है—यालाम। मैं खुद को हीरोइन टाइप फील किया करती थी। नाम भी तो अपना कुछ ऐसा ही होना चाहिए न!

स्कूल के बैंक-खाते में नए नाम की सूचना देने जब पहुँची। बैंक का वह आदमी; किसी कार्टून के मजेदार कैरेक्टर-सा लगता था। बाल गिरकर बहुत ही पतला हो गया था। बचे-खुचे बाल हमेशा तेल से चुपड़े रहते थे—जिसके कारण उसके बाल सिर पर भाग-भाग में बँटे हुए रहते थे। सिर की गोरे रंग की त्वचा जहाँ-तहाँ से दिखती रहती थी। पतला सिर माथे की ओर लम्बा निकला हुआ सा लगता था—इससे वह बिलकुल ट्विंकल कार्टून का सुपंडी लगता था। दुबला-पतला सा आदमी, चेहरे पर जी मिचला देने वाली मुस्कान हमेशा रहती थी। जब भी मैं उसको देखती—दबी जुबान से कहती, "सुपंडी आ रा...सुपंडी आ रा...!"

पाँचवीं कक्षा में थी मैं, जब एक बार उसने मेरे ही सामने किसी बड़ी लड़की के जाँघों को छूकर छेड़ा था। लड़की काम से बैंक आई होगी। अन्दर उसके बगल में खड़ी थी वह। इधर खिड़की तक मैं पहुँचती ही नहीं थी। एक स्टूल के सहारे खड़ी थी। बच्चे हैं तो क्या हुआ? दिख रहा था सब कुछ। उसी दिन से वह आदमी मुझे कभी अच्छा नहीं लगता था। और उस रोज उसने मुझे छेड़ना शुरू कर दिया, "ओए होए, इतनी सी उम्र में शादी कर ली क्या जो नाम ही बदल लिया? बता, बता घूरती क्यों हो?" मैंने मन-ही-मन उसके चेहरे पर कई थप्पड़ जड़ दिए। कल्पना में ही उसके बालों पर चमक रहा तेल मेरे हाथों में लग गया था। मैंने उसे बैंक की दीवार पर ही पोंछ दिया।

मेरे जन्म के वक्त हमारे घर एक अपातानी महिला आई थीं, जिनका नाम था 'येरी'। वह हमारी 'मानियाँग' थीं। बहुत ही स्नेहमयी। पिताजी ने मेरा नाम रख दिया—येरी। बाद में इस नाम शब्द का भाव क्यों और किस तरह बदलने लगा था—मैं नहीं जानती। येरी रखा तो रखा, फिर मामी रखने की क्या जरूरत थी? किसी को मुझे छेड़ना या परेशान करना होता तो वे मुझे 'येरी' कहकर बुलाते थे। मेरे बड़े भाई जोर से बुलाते—"ये... री...ई...! पानी ले आ! ये...री...ई...लकड़ी लेकर आ!"

मैं उस नाम से चिढ़ने लगी। आज भी कभी मौका मिले तो मेरे बड़े भाई गुस्से में 'येरी' कहकर ही बुलाते हैं। अब भी वैसी ही खीज होती है।

इस शब्द से कोई शिकायत नहीं है, परन्तु जिस भाव के साथ इसका उच्चारण किया जाता है, वह अच्छा नहीं लगता है। 'यालाम' सिर्फ एक शब्द है। मेरे इस शरीर की पहचान के अलावा इसका कोई दूसरा अर्थ नहीं है। अपने यहाँ आमतौर पर नाम शब्द का शाब्दिक अर्थ ही नहीं होता। हाँ, उनमें भाव जरूर होता है। अर्थ वाले शब्दों को भी खोज-खोज कर कई लोग रख लेते हैं। अरुणाचल से बाहर जब कभी जाती हूँ, लोग अर्थ के पीछे ही पड़ जाते हैं। यह मेरे लिए अपने आप में अलग ही तरह की मुसीबत है। फेसबुक पर एक आदमी बार-बार इनबॉक्स करके इसका अर्थ पूछता रहा। एक रोज मैंने तंग आकर कहा 'गाली'। वह बोला, 'अरे बाप रे!' इसके बाद उसने मुझे ब्लॉक ही कर दिया।

उस आपातानी महिला के परिवार और हमारे परिवार के बीच बहुत गहरी मित्रता थी। मेरे माँ-बाप और उनका रिश्ता खून के रिश्तों से भी बढ़कर था। जो अर्थ बहुत गहरे हों, उन्हें व्यक्त करना सम्भव नहीं होता।

'अजिन' यानी मित्र, और 'मानियाँग' माने मित्रता के स्तर को भी जिसने पार कर लिया हो। इस शब्द का कोई शाब्दिक अर्थ नहीं है लेकिन यह पवित्रतम भावों में से एक था। वे एक-दूसरे के हर सुख-दुख के साथी होते थे। घंटों पैदल चलकर हर स्वादिष्ट व्यंजन एक-दूसरे को पहुँचाते थे। एक-दूसरे के बच्चों के लिए बाँस की बनी सुन्दर टोकरियाँ, जंगली रस्सियों से बनी चूड़ियाँ लाया करते। मेरे पास हमारी मानियाँग की दी हुई एक सुन्दर छोटी टोकरी थी। वह मेरा मनपसन्द खिलौना था।

हमारे पूर्वजों ने जीवन को उसकी गहनतम सरलता में ही देखा। वैसे ही उसे स्वीकार कर चलना सीखा—जैसा वह है। जीवन की शुरुआत जिमी-जमा अर्थात शून्य से माना गया है। शब्दों और भाषाओं के अर्थों के पीछे वे पागलों की तरह कभी भागे नहीं थे। यदि कोई बहुत नाम कर गया, अथवा अच्छे थे, तब उनके नाम पर अपने बच्चों का नाम कई बार रख लेते हैं। 'ऐपा' शब्द का प्रयोग हम मल-मूत्र के लिए करते हैं, लेकिन जब किसी आदमी का नाम 'ऐपा' रखते हैं, तो उसमें कोई अर्थ नहीं होता, न ही कोई नकारात्मक भाव आता है।

कभी-कभी किसी परिवार में यदि बच्चे मरते रहते हैं, तो माना जाता है कि शायद उसका नाम बहुत सुन्दर है, इसलिए शैतानी शक्तियाँ उन बच्चों की आत्माओं को ले जाती हैं। इसलिए खराब अर्थ वाला नाम रखा जाता है—एरिंग अर्थात चूतड़, एइखा अर्थात मल, आत्तुम अर्थात लिंग, ताखा अर्थात खुजली करते-करते जिनकी त्वचा खुरदरी हो गई हो। खराब नामों को भूत-प्रेत भी पसन्द नहीं करते। अर्थ वाला नाम शब्द चाहिए तो सुन्दर के विपरीत वाले अर्थ का ही हो। यह बच्चे को बुरी नजर से बचाता है।

पशु-पक्षियों के नाम भी इनसानों की तरह ही रखते हैं—'तापिन' अर्थात चमगादड़, 'तास' अर्थात जंगली बिलाव, 'सोपिन' अर्थात एक बड़े आकार वाली छिपकली आदि। इन नामों के अर्थ को लेकर टेंशन नहीं लेना है। ये सब नाम के रूप में शब्द मात्र हैं। इसका कोई अर्थ है भी तो परोक्ष है—पशु-पक्षी को हम अपने से भिन्न मानकर नहीं चलते। वे हमारे ही रिश्तेदार हैं—न हमसे श्रेष्ठ और न ही हमसे निम्न। इसीलिए हम इन्हें गालियों के रूप में प्रयोग नहीं करते।

एक ही तरह के नाम रखने से भेद मिट जाता है, अनावश्यक कल्पनाएँ मिट जाती हैं। गन्दी गाली यदि कोई है तो वह मल-मूत्र है। लोग एक-दूसरे पर किस तरह गालियाँ बरसाते हैं एक नमूना देखिए—"ऐ दतो (मल खाओ), एप तस (मेरा मल खाओ), एबिया पातस (बहुत सारा मल कर देता हूँ, उसे खाओ), आत्त एआम दस्तो (अपना ही मल खाओ)।" और भी कई गालियाँ हैं जिनका जानवरों से कोई लेना-देना नहीं है।

हमारे पड़ोसी गाँव में एक औरत थी। एक रोज अपने नवजात शिशु को लेकर वह अस्पताल पहुँची। टीके लगवाने थे। आमतौर पर जन्म के समय ही लोग बच्चों का नाम रख लेते हैं। उनका मानना है कि नाम रखने में देरी की तो शैतान उसे अपना नाम दे देगा। बच्चा जल्दी मर जाएगा। उस भली औरत ने अभी बच्चे का नाम नहीं रखा हुआ था। लड़का था, अच्छा सा नाम होना चाहिए। सुनने में अच्छा लगना चाहिए। अस्पताल में किसी ने कहा कि 'आप पहले 'लेबोरेटरी' में जाइए।' अहा! क्या खूबसूरत शब्द है—लेबोरेटरी! प्यार से लेबो भी कहा जा सकता है! यह शब्द उनको इतना अच्छा लगा कि उन्होंने

अपने बच्चे का नाम ही रख दिया—लेबोरेटरी। सुना है लेबोरेटरी ने बड़ा होकर अपना नाम 'लेबो' रख लिया है। मैं समझ सकती हूँ उसकी परेशानी...उसका दुख।

ईसाइयों का एक नियम है—बप्तिस्मा देते हैं और इस बात की घोषणा करते हैं कि अब से अमुख व्यक्ति ईसा मसीह के रास्ते पर चलेगा। इतना तक तो ठीक है, लेकिन उस व्यक्ति को ऐसे-ऐसे नाम दे देना, जिसको कभी उसने सुना भी नहीं होता। देखने में न्यीशी किसान—लेकिन नाम उसका जोसफ, डेविड, अब्राहम इत्यादि। नाम बदल लेने से क्या कभी किसी का स्वभाव बदला? मान्यताएँ बदल जाती हैं, रहन-सहन बदल जाता है, लेकिन अन्दर से आदमी वही का वही।

मैं बहुत छोटी थी। मुझे उसी नादानीपन में बप्तिस्मा दे दिया गया। मेरा क्रिश्चियन नाम हुआ 'शैलेन'। नामों की लिस्ट में एक और नाम जुड़ गया था। मैं तो इस नाम को भूल ही गई थी। बारहवीं कक्षा में किसी ईसाई लड़के का प्रेमपत्र आया। लिखा था, 'तुम्हारा ईसाई वाला नाम क्या है?' उसने अपना धार्मिक नाम भी लिख भेजा था—मानो वही नाम हमारा रिश्ता सँभाल लेगा। उस वक्त मुझे यकीन ही नहीं हुआ अपनी याददाश्त पर। मैं अपना ईसाई वाला नाम भूल चुकी थी। इतने सालों में मैंने कभी भी उस नाम का इस्तेमाल नहीं किया था। मैंने जवाब में लिख भेजा 'मैरी'—हाँ, यही कहा था। कई दिन दिमाग पर जोर डालने के बाद याद आया 'शैलेन'। यह तो मानना ही पड़ेगा कि उस लड़के की वजह से ही यह नाम हमेशा के लिए मेरी याद में रह गया।

कई समाजों में नाम धर्म की पहचान है, जैसे मोहम्मद मुस्लिम का हुआ, जॉन ईसाई का, और सरस्वती हिन्दू का। हमारी संस्कृति में जो भी

नाम है, वह या तो बाप-दादों अर्थात पुरखों की पहचान है या सिर्फ एक शब्द मात्र है, जिसका इस्तेमाल हम अपनी सुविधा के लिए करते हैं।

एक बार दिल्ली में एक कार्यक्रम था, मुझे मेरी कहानी के लिए पुरस्कृत किया जाने वाला था। मेरे नाम को कभी आलाम, कभी येल्लम, कभी ईलाम कहा गया। यहाँ तक तो ठीक था—नाम के अर्थ के पीछे लोग पड़ गए। मैंने कहा था, "कृपया मुझे यालाम ही कहें, आलम नहीं। आलम से मुझे मुस्लिम-टाइप की फीलिंग आती है। अपने घर में काम करने वाले आलम मिस्त्री की याद आ जाती है। आराम से कहिए—या... ला...म = यालाम!" घबराकर कहोगे तो गलत ही कहोगे।

हिन्दी समाज में 'आलम' शब्द पहले से मौजूद है तो उन्होंने मान लिया होगा आलम को ही यालाम कह रही होगी बेचारी। कैसी ज्यादतियाँ हैं!

एक बार राँची में अखिल भारतीय आदिवासी लेखिका सम्मेलन था। मेरा परिचय संचालिका ने इस प्रकार दिया—"जोर्म अल्लहा अरुणाचल प्रदेश से आई हैं। इल्लाजी ने कई कविताएँ लिखी हैं। उनका एक कविता-संग्रह भी छपा है। कई कहानियाँ लिखी हैं। याल्लाजी की एक कहानी 'चुनौती' बेहद खूबसूरत है। एलाजी की कहानियाँ आपको बीच-बीच में ठहरकर सोचने पर मजबूर करती हैं। इल्लम जी बहुत ही सिंपल हैं। मैं इनसे कल शाम ही मिली थी, लेकिन लगा ही नहीं कि पहली बार मिल रही हूँ।"

एक और नाम बोला था उन्होंने, जिसे मैं भूल गई। उस दिन मैं बेहोश होते-होते बची थी। एक ही वक्त में एक इनसान के इतने सारे नाम? बाकी नाम तो मजेदार था, लेकिन मुझे 'याल्ला' बिलकुल अच्छा

नहीं लगा। एक अजीब सी खीज पैदा हुई थी। एक औरत थी हमारे गाँव में...बहुत पीती थी। रिश्तेदार ही थी हमारी। नशे में गन्दी-गन्दी गालियाँ बकती थी। उनकी गन्दी गालियों से तंग आकर उनकी अपनी ही इकलौती बेटी ने आत्महत्या कर ली थी। उन्होंने उसे रंडी कह दिया था। छोटी लड़की थी, अभी उसके मन में लड़कों का खयाल भी नहीं आया होगा। उसे सिर्फ इतना ही पता था कि यह बहुत ही गन्दी और अपमानित करने वाली गाली है। उस लड़की के साथ मैं बचपन में खेला करती थी। उसकी मृत्यु के बाद फिर कभी नहीं गई उस घर में। याल्ला नाम उसी महिला की याद दिलाता है। और ऊपर से मैंने कभी कोई कविता नहीं लिखी। कविता-संग्रह के बारे में मैंने कभी गलती से भी सपना नहीं देखा। वैसे कवयित्री कहलाना तो बहुत चाहती हूँ, लेकिन उस वक्त मुझे बेहद शर्मिंदगी महसूस हुई।

दूसरे दिन ज्योति लखड़ा नामक उस संचालिका ने माफी माँग ली मुझसे। उन्होंने वहाँ के गाँव में मुझे घुमाया। मैं उनकी शुक्रगुजार हूँ। उन्होंने मुझे कई चीजों से परिचय करवाया। खूबसूरत पहाड़ों से घिरा एक गाँव—चिलचिलाती चमकती धूप की रोशनी में, धान के पौधों की सोंधी महक आत्मा में थिरकने लगी थी। बिना दाँतों वाली एक बूढ़ी माँ ने चावल से बनी शराब पिलाई थी। एक आदमी ने मेरे हाथ में पाँच सौ रुपये जबरदस्ती थमाने पर उदास होकर कहा था, "अपने गाँव में आने वाले लोग हमारे मेहमान होते हैं। उनसे हम दिल कमाते हैं—पैसे नहीं।"

एक बार किसी संन्यासी मित्र के कहने पर मैं अपना नाम फिर से बदलने वाली थी—नीरव साधना। यह बहुत ही प्रेम के साथ उन्होंने सुझाया था। मुझे भी यह अच्छा लगा। मैंने अपने एक मित्र को इसके

बारे में बताते हुए उसकी राय माँगी। उन्होंने कहा, "यह नाम तुम पर नहीं जँचता। नीरव साधना...भक्क। लोग इसके अर्थ के पीछे भटकते रह जाएँगे और तुम्हें भूल जाएँगे।" मैंने अपना इरादा बदल लिया।

यालाम शब्द को मैंने स्वयं चुना था। इसलिए इसमें तितलियों के रंग और पंख दोनों की कहानियाँ छिपी हुई हैं। यह शब्द मुझको स्वतंत्रता का अहसास करवाता है। मैंने अपनी हथेली पर फ्रीडम, और गले में फूलों में उड़ती रंगों वाली तितलियों का टेटू गुदवाया है। कई लोग इसे देखकर अपना मुँह बिचकाते हैं—खासकर महिलाएँ। मैं मन-ही-मन अपने आप से कहती हूँ, "मेरा नाम यालाम है– बिना अर्थ वाली स्त्री। और कोई अर्थ रचने का इरादा भी नहीं है।"

मई (मौसी)

हम लोग शायद सोने वाले थे उस वक्त। मई यापर आईं। अम्मा की छोटी बहन। इतनी रात को! अम्मा कहती थीं अमावस्या की रात या फिर जब चाँद शिशु अवस्था में होता है तो वह पागल हो जाती हैं। न दिन का खयाल रहता है न रात का। वह लगातार घूमती रहती हैं। पहाड़ों में उतरती-चढ़ती रहती हैं। जंगलों का खाक छानती रहती हैं। दुबली-पतली, गोरी, लम्बा कद-काठी। किसी समय उनका बाल मोटा घना रहा होगा। अब गिरकर-टूटकर बहुत पतले हो गए थे। कसकर बाँधने के बावजूद टूटे हुए बाल चेहरे के आसपास बिखर-बिखर जाते थे। वह बार-बार उन्हें ठीक करतीं, बार-बार बाल आँखों के सामने आ जाता। मुझे उनसे कभी डर नहीं लगा। उन्होंने कभी भी डराया नहीं किसी को। बस बदहवास घूमती थीं साल में एक-दो बार—कुछ दिन के लिए। माँ ने बताया था कि उनकी उस अवस्था में उनसे कुछ भी पूछो वह सही-सही बताती हैं—मतलब भविष्यवाणी करती हैं। उस वक्त वह अदृश्य

आत्माओं को भी देख सकती हैं। प्रकृति की भाषा स्पष्ट समझने लगती हैं इत्यादि। वह सामान्य पागलों जैसा व्यवहार नहीं करती थीं। शून्य में किसी से वार्तालाप करती थीं। बिना मतलब हँसती नहीं थीं। इस कारण मेरी उत्सुकता उन्हें देखकर बढ़ जाती थी। न जाने माँ उनसे क्या-क्या ढेरों सवाल करती रहती थीं।

गाँव में बिजली बार-बार गुल हो जाया करती थी। जब भी गुल हो जाती कोई-न-कोई जरूर यह कहते, "आह, यह जोराम तेरि की शरारत है!" और जब बिजली आ जाती तो कहते, "अहा, तेरि आल जिपा, आल जिपा (कितना अच्छा है, कितना अच्छा है तेरि)!" हमारा चचेरा भाई। वह लाइनमैन था—बिजली बनाने वाला। गाँव वालों को लगता था बिजली का आना-जाना उन्हीं की वजह से है। गुस्से में वे कभी-कभी उन पर लानत-मलामत भी भेजते थे। तेरि हँसता रहता था। उन्होंने कभी भी मुझे अपने गोद में नहीं उठाया, लेकिन उनकी उपस्थिति स्नेह का आभास देता था। जब भी हम बच्चे उनके सामने आते, आवाज मुलायम हो जाती थी उनकी। शारीरिक हाव-भाव में स्निग्धता आ जाती थी। उनसे कहानियाँ सुनना मुझे बेहद पसन्द था।

खैर, उस रात भी बिजली गुल थी। अन्धकार व्याप्त था। अलाव की रोशनी में मई का गोरा चेहरा दमक रहा था। माँ ने पूछा, "बताओ, मेरे बच्चों में से उच्च शिक्षा कौन प्राप्त करेगा?" मैं साँस थामकर ध्यान से उनके हाव-भाव और बातों को सुन और देख रही थी। उन्होंने अपने दोनों गैरों को लम्बा फैलाया। गाले (वस्त्र) को घुटनों के कुछ ऊपर तक उठाया। दोनों हथेलियों में अपना थूक मलते हुए गोरे चगक रहे अपने दोनों जाँघों पर मलते हुए बोलीं, "तुम्हारा सबसे बड़ा पुत्र ताजिंग तुम्हारे

दुख का कारण, परिवार, रिश्तेदारों के दर्द का कारण बनेगा। उसने दाव से सब कुछ तहस-नहस कर दिया। उईयु (प्रकृति) ने उसके सामने आसमान छूती किताबों का ढेर लगा दिया है; लेकिन वह उसकी तरफ देखता भी नहीं। आक थू! थूकता है वह उस पर। सब कुछ उलटा करता है।" वह मेरे बड़े भाई का नाम लेकर थूकने लगीं। मुँह बिचकाने लगीं। मानो मेरा बड़ा भाई उन्हीं का शत्रु हो। फिर कहने लगीं, "छोटा पुत्र तापाक भी किताबों से मुँह मोड़ रहा है। दो-तीन ले तो लिये हैं—लेकिन उहूँ, उहूँ—बाकी किताबों से उसने मुँह मोड़ लिया है।" इसके बाद बाकी लोगों के बारे में क्या-क्या कहा यह याद नहीं, लेकिन मेरे लिए उन्होंने हथेलियों में थूक लेकर अपनी जाँघों पर मलते हुए कहा था, "आसमान छूती किताबों का ढेर उईयु ने इसके सामने लगाया। इसने सब ले लिया! और-और माँगती है यह तो! हा-हा-हा-हा...।" इसके बाद वह "आ रही हूँ, आ रही हूँ," कहते हुए तेजी से बाहर जाने लगीं। अम्मा ने उन्हें पकड़ लिया। वह उन्हें रात यहीं ठहराना चाहती थीं। पिताजी ने भी कोशिश की उन्हें रोकने का, लेकिन वह उस दौरान बहुत ताकतवर हो जाती थीं। वह रात के उस भयंकर अन्धकार में चली गईं।

जोराम गाँव बहुत बड़े इलाके में दूर तक फैला हुआ है। यह चार भागों में बँटा हुआ है—पेल्यी जोराम, पू जोराम, जाराक जोराम और सखि जोराम। हमारे गाँव का नाम है 'पू जोराम'। लोग कहते थे गाँव के बसने, सूर्य के उगने-डूबने और पहाड़ों के ऊँचाई-निचाई का असर व्यक्ति के स्वभाव और विचार पर पड़ता है। भाषाई उच्चारण-विधि में भी अन्तर आता है। यह सच भी है। इन चारों गाँव के लोगों के शब्द-उच्चारण और व्यवहार में थोड़ा-बहुत सूक्ष्म अन्तर मिलता है। हमारे गाँव

के सामने, सूर्योदय की तरफ एक लम्बा-ऊँचा पहाड़ है। इसके इस तरफ वाले ढलान पर पेल्यी गाँव है। इस गाँव के लोग प्रत्येक शब्द को लम्बा खींचते हुए आराम से धीरे-धीरे बोलते हैं। हम ऊपर को 'तोल्लो' कहते हैं तो वे 'तोलोग' कहते हैं। नीचे को हम 'बोलो' कहते हैं तो वे 'बोलोग' कहते हैं। जारा गाँव के लोग भी 'बोलो' ही कहते हैं लेकिन बहुत तेजी से; मतलब तेजी से उच्चारण करते हैं।

पेल्यी गाँव का पहाड़ हमारे गाँव के पहाड़ से ऊँचा था। सूरज रोज सुबह इसी की ओट से खिलते हुए निकलता था। सर्दियों में श्वेत बर्फ कई भागों में बँटकर सर्पों की तरह इसकी चोटी से लटकते हुए नीचे बहती नदी को छूता था। इस पहाड़ के उस पार लोग झूम खेती करते थे। जंगलों को साफ करके वहाँ फसल बोई जाती थी। इसकी चोटी पर एक ठूँठ खड़ा रहता था जो दूर से देखने में बिजली का खम्भा सा लगता था। शायद कोई भी ऐसा दिन नहीं गुजरा जब मैंने इस नितान्त अकेले खड़े ठूँठ का दर्शन सुबह सबसे पहले न किया हो। मैं सिर उठाकर इसे देखती रहती थी। एक मौन सा संवाद मेरे और इसके बीच चलता रहता था। जब हॉस्टल चली जाती—तब भी इसकी याद बनी रहती। अब वह वहाँ नहीं है, लेकिन वह बिलकुल वैसा ही मेरी स्मृतियों में बसा हुआ है। अब सर्दियों में इस पहाड़ पर बर्फ के सर्प लटकते नजर नहीं आते। पेल्यी गाँव के साथ यह भी शायद पलायन कर गया।

चूँकि सूर्योदय की तरफ पेल्यी गाँव ने पीठ कर रखी है; इस कारण सुबह की किरणों से यह महरूम है। लोग कहते हैं इसी कारण यह भूत-प्रेतों का निवास स्थान है। अप्राकृतिक और असमय मृत्यु यहाँ बहुत हुईं। रात के अन्धकार में अग्नि मशाल का नृत्य रोज चलता रहता था। एक

आग का गोला प्रकट होता है, वह कई-कई गोलों में बँट जाता है। कभी गोल-गोल, कभी लम्बी पंक्तियों में उड़ते-दौड़ते और फिर से एक ही गोले में समा जाते। यह झींगुर नहीं था। बड़ा-बड़ा आग का गोला होता था। हर रात सात से करीब नौ बजे तक चलता रहता था। चूँकि यह रोज होता था तो बिना भय के हम इसे दूर से देखते रहते थे। मुझे तो वह दृश्य बेहद सुन्दर लगता था। कभी-कभी आसमान में असंख्य तारे झिलमिला रहे होते और अन्धकार के गोद में डूबा पेल्यी गाँव में अग्नि गोलों का नृत्य चलता रहता था। इस गाँव के लोग कहते थे—'अरे, ये भूत थोड़ी हैं! यह तो कीड़े-मकोड़े हैं।' मेरे चचेरे भाई की दुल्हन उस गाँव की थीं। हमारी मई यापर भी इसी गाँव की थीं। कभी-कभार हम बच्चे वहाँ दिन को डरते हुए जाते थे और शाम होने से पहले ही दौड़कर वापस आ जाते। मुझे याद है, एक रात मैं अम्मा के साथ मई के यहाँ आई थी। वहाँ बिजली भी नहीं आती थी। भयानक अन्धकार था। मुझे उस समय बहुत ही डर लग रहा था। जंगली पशु-पक्षियों और कीड़े-मकोड़ों की आवाजें डरावनी थीं।

मेरे बड़े भाई ताराम की पत्नी यानी हमारी भाभी ने एक बार बताया था कि आधी रात को पेल्यी गाँव से एक आग का गोला आया—उनके धान के गोदाम के छत पर देर तक वह चमकता रहा। माँ ने भी उसे देखा था। उसे भगाने के लिए उन्होंने पत्थर फेंके, चिल्लाए, कुत्तों को भौंकने दिया—लेकिन वह टस से मस नहीं हुआ। अपनी ही मर्जी से उड़ गया। भैया के पागल हो जाने के कारण को अम्मा इसे ही ठहराती थीं। कहती थीं, "उसी रात मेरे बेटे से उस अग्नि-गोले ने दोस्ती कर ली थी। और इस तरह मनुष्य की भाषा ताराम ने छोड़ दी। मक्खी-मच्छर बन गया वह। दिन-रात गुन, गुन, गुन...।"

मई (मौसी)

मौसी (मई) यापर ने जोराम दीब नामक व्यक्ति से विवाह किया था। मुझे उनका चेहरा याद नहीं, लेकिन उनका शारीरिक आकार-प्रकार अस्पष्ट साया सा लहराता है—शान्त-सौम्य, अच्छी कद-काठी, मस्तक पर अपने लम्बे बालों को एक नुकीली डंडी के सहारे लपेटकर गोल बाँधे, रस्सियों से बुने पक्षीनुमा टोपी; जिस पर पक्षी के सुन्दर पंख और चोंच होते थे, चमड़े का एक काला चुख (बेग) छाती पर लटकाए, काले वस्त्र घुटनों तक ढका, दोनों घुटनों पर काले धागे, रस्सियों से बुने सुन्दर कारीगरी वाला कमरबन्द और मुँह में हुक्का। 'लुरुम' अर्थात घुटनों पर बँधे धागे घुटनों के प्रति सम्मान का भाव दर्शाता है। यह शरीर का वह अंग है जिसके कारण व्यक्ति कठिन से कठिन स्थानों में भी आसानी से जा सकता है। हमारे पूर्वज आबोतानी के अनुसार यह शरीर का एक आँख है।

दीब और मई के पास एक कीमती 'सा-ताल्ल' (थालीनुमा वाद्य यंत्र) था। इसका नाम था 'दीया बो'। बो अर्थात श्रीमान। इसे जीवित माना जाता है अत: नाम भी मनुष्य जैसा रखा जाता है। ताल्ल कई प्रकार के होते हैं; छोटे-बड़े, कम कीमती, अधिक कीमती आदि। इनके नाम भी भिन्न-भिन्न होते हैं—कीमिन ताल्ल, सा ताल्ल, कम्री ताल्ल, लोपा ताल्ल आदि। इन सब में 'सा-ताल्ल' सबसे बड़ा और कीमती होता है। जितना अधिक प्राचीन उतना ही उसकी कीमत और महत्त्व बढ़ता। यदि परिवार का सबसे बड़ा पुत्र योग्य माना गया तो इसे पारम्परिक ढंग से उसको हस्तान्तरित किया जाता है। गृहस्वामिनी इससे संवाद करते हुए इस पर चावल का भीगा आटा का लेप लगाती हैं। पूर्वजों का स्मरण किया जाता है। रिश्तेदारों और गाँव वालों के सामने सम्मान के साथ

सामूहिक भोज देते हुए घोषणा कर दिया जाता है कि—'यह खानदान और पूरे गाँव का रक्षा करने वाला है। सदियों से मनुष्य के पारिवारिक वंश परम्परा के साथ यात्रा करता आया है। इसमें अनगिनत पूर्वजों की आत्माओं का वास है। ये आत्माएँ कुल की रक्षा करती हैं। यह विशाल वृक्ष है जिसके तले कुल और वंश जिन्दा रहते हैं।'

इसके बाद बुजुर्ग गाँव वाले अथवा रिश्तेदारों के हाथों का स्पर्श इसमें अंकित किया जाता है। सब लोग श्रद्धा भाव से इसे छूकर देखते हैं। युवा लोगों को इसका महत्त्व समझाया जाता है। भीड़ की आँखें इस पर साथ टिक जाती हैं। इसके बाद इसे गोपनीय स्थान पर मिट्टी में दफनाकर रख दिया जाता है। जिनके हाथ में इसे सौंपा ज़ाता है उस व्यक्ति के मन में पूर्वजों के प्रति सम्मान और श्रद्धा होनी चाहिए। वह इसे चोरी-छिपे बेच नहीं सकता। किसी को देना भी हो तो पूरे खानदान के जानकारी और सहमति से होना होता है। इसके बदले जो कुछ भी मिलता है वह पूरे समुदाय अथवा खानदान का माना जाता है। यह सबको बाँधकर रखता है। केन्द्र हैं। पूरे गाँव वालों का गर्व होता है; खासकर एक पूरे वंश का।

उस 'सा-ताल्ल' अर्थात 'दीया-बो' को दीब के पिताजी ने उनके ज्येष्ठ पुत्र जोराम ताकार को सौंपा था। दीब इसे अपने संरक्षण में रखने का गौरव शायद पाना चाहते थे। उन्होंने इसे जिस स्थान पर छुपाया जा रहा था उसे देख लिया था और मौका देखते ही चुरा लिया। इसे इस तरह से नहीं लिया जाता। लोग कहते हैं ऐसा करने से अशुभ होता है। खून-खराबा अथवा 'न्येम-न्योल चिनाम' अर्थात खानदान का एक साथ खत्म हो जाना इत्यादि भी हो सकता है। पूर्वज कभी इस तरह के कामों

को क्षमा नहीं करते। दीब ने इसे अपने पास भी नहीं रखा; मेरे अम्मा और आबू को बेच दिया। उन्होंने इसे छुपकर बेचा था—लेकिन मेरे माता-पिता ने सारे समाज, समुदाय को रिवाज के अनुसार दर्शन करवा दिया। सारे लोगों को पता होना चाहिए कि पूर्वज-चिह्न किसके पास है। ऐसा नहीं होने पर इसका महत्त्व घट जाता है। शानो-शौकत की भी तो बात होती है। इसके कारण समाज सम्मान भी देता है।

आबू इसे इस तरह से नहीं लेना चाहते थे—लेकिन अम्मा कुछ लालची थीं—ले लिया पाँच हजार रुपये, कुछ सूखे मीट और श्वेत सूती वस्त्र देकर। उस वक्त यह रकम बहुत ही बड़ी थी। वर्तमान में लोग इसे कम-से-कम दस-पन्द्रह लाख के आसपास देकर खरीद लेते हैं। मैंने यह सब नहीं देखा लेकिन रोज घर में इसकी चर्चा होती थी। आबू कह रहे होते, "तुमने पूर्वजों का नियम तोड़ा। उन्हें नाराज किया, इसलिए इसकी सजा दीब को मिली। उसको अपना दाहिना हाथ गँवाना पड़ा। हमें भी इसकी कीमत चुकानी ही पड़ेगी। पूर्वज हमें क्षमा नहीं करेंगे।" अम्मा उस वक्त मुँह बिचका रही होतीं। मैं मन-ही-मन आबू का साथ देते हुए अम्मा को एक लालची औरत के रूप में देखने लगती।

दीब और उनके बड़े भाई ताकार के बीच बहुत लड़ाई हुई। मार-पीट हुआ। पूरा समाज उन पर थूक रहे थे। ताकार अपने मृत पिताजी के द्वारा हस्तान्तरित पूर्वज स्मृति-चिह्न को सँभाल न सके। दीब ने पूरे खानदान की जगहँसाई करवाई। यह लड़ाई महीनों चली। एक दिन दीब के छोटे भाई जोराम तापाक ने पीछे से आकर तेजधार वाले दाव के एक ही वार से दीब के दाहिने हाथ को कंधे से अलग कर दिया! मुझे जहाँ तक याद है—मैंने उन्हें जब से देखा उनका केवल बायाँ हाथ ही था।

कई बार देखने की कोशिश की कटे हुए हिस्से को; लेकिन वह उसे हमेशा कपड़ों से ढककर रखते थे। जब भी उनके करीब आती वह तुरन्त उसे ठीक से ढकते हुए कपड़े ठीक कर लेते। उन्हें मुझसे बचते हुए देखकर मेरी उत्सुकता और बढ़ जाती। मेरी नजर उनके कटे हुए हाथ पर टिकी रहती। खैर, किसी और के खानदान और वंश के पूर्वज-चिह्न को मेरे माता-पिता ने क्यों चोरी-छिपे खरीदे? वह भी जब कोई चुराकर बेच रहा हो! क्या यह चोरी के अन्तर्गत नहीं आता? इसी कारण जोराम तापाक और उसके बड़े भाई ताकार हमारे परिवार के लोगों को पसन्द नहीं करते थे। लानत-मलामत भेजते रहते थे। नफरत अपना रास्ता तय कर रहा था...।

इसी ताल्ल को मेरे पिताजी के मृत्यु के बाद अम्मा ने मेरे बड़े भाई तापाक को दे दिया। ज्येष्ठ भाई ताजिंग नाराज हो गए। माँ के जाने के बाद उनके बीच लड़ाई लम्बे समय तक (जी मिचला देने वाली) चलती रही। मार-पीट हुआ। दोनों भाइयों के बच्चों के बीच भी भिड़ंत हुईं। तापाक के बेटे की उँगली दाव से कटकर गिर गई। दुश्मनी नई पीढ़ी में हस्तान्तरित हो गई। हमने इसके चलते अपनी आत्मा का अपमान देखा था। गाँव वाले कहते हैं, "यह तो होना ही था। जिसने इसे जैसा हासिल किया उसे उसी तरह की सजा मिलेगी। बचना हो तो पूरे रीति-रिवाज के साथ समाज, समुदाय और खानदान के सामने इससे क्षमा माँगनी चाहिए। इसका शुद्धिकरण किया जाना चाहिए और सम्मान के साथ इसका संरक्षण किया जाना चाहिए। क्योंकि यह कुलदेवता है। यह जीवित चीजें हैं—सुनता है, रोता है, भविष्यवाणी करता है, आशीर्वाद देता है और विनाश भी करता है।"

इसे किसी और को देना भी हो तो पूरे सम्मान के साथ; दुल्हन को जिस तरह विदाई दी जाती है उसी तरह इसका स्वागत भी होता है। एक कबीले से दूसरे कबीले वालों के पास इसे जब भेजते हैं तो रिश्ता अटूट माना जाता है। यह रिश्ता बनाने में अपना योगदान देता है। कई तरह के सामूहिक समस्या को हल करने में भी यह काम आता है। जब तक सामूहिकता की भावना के साथ इसका इस्तेमाल किया जाए तब तक यह अपना आशीर्वाद भी बरसाता रहता है—इसके विपरीत यह विनाश का कारण बन जाता है। ताजिंग ने भी इसे असत्य और अन्याय के बल पर हासिल किया है...। कई झूठी कहानियाँ गढ़ी गई थीं। बड़े भाई होने का पूरा फायदा उठाया था उन्होंने।

माता-पिता ने जिनके हाथों सौंपा—उन्हीं के पास इसे रहने देना चाहिए। एक व्यक्ति इसे रखता है लेकिन यह व्यक्तिगत सम्पत्ति नहीं होती। खैर, आदमी तो आदमी है। उसके मन का क्या किया जा सकता है! खानदान वालों के मन में इस सम्बन्ध में ताजिंग के पास इसके होने का अर्थ है—निजी सम्पत्ति तब्दील हो जाना। तापाक ने भी माँ की भावनाओं का सम्मान नहीं किया—चाहे जो हो जाए—उसे अपने पास रखना चाहिए था। माँ यही चाहती थीं। व्यक्ति की अन्तिम इच्छा का पालन किया जाना आवश्यक माना गया है; जिसे इन भाइयों ने तोड़ दिया।

हम चार बहनों को लेकर एक भाई कहता—'तुम लोग तापाक के पक्ष में हो। तुम लोगों ने अम्मा के सारे आभूषणों को हड़प लिया।' दूसरा कहता, 'तुम लोग ताजिंग के पक्ष में हो। तुम लोगों ने अम्मा को बहकाकर सारा कीमती सामान ले लिया।' हम सब तो दोनों को मिलाना चाहते थे—सौहार्द चाहते थे। अम्मा को अनवरत रोते-विलापते देखा था।

हम उनकी सन्तानें थीं...ऐसा तो बहुत ही कम होता है जब लड़कियाँ अपने माँ-बाप को लूटती हैं। हम लोग अपनी बेगुनाही कभी साबित नहीं कर पाए। भीतर बहुत कुछ टूट गया...शायद उनका टूट जाना ही सही था। जिन चीजों को रिश्ता बनाने में लगाया जाता है उसी से तोड़ने का काम किया गया। अम्मा खुद उसे जीते-जी ऐसे ही मिट्टी में दफनाकर रखती रहीं; उसे खाकर अपना पेट तक न भर सकीं। अन्त में उसी वस्तु ने सब कुछ नष्ट कर दिया।

एक ही गर्भ से उत्पन्न सन्तानों में ही प्रेम, अपनापन और स्नेह का रिश्ता रहता है—ऐसा जरूरी नहीं है। प्रेम और स्नेह भी एक भाव ही तो है—जो कभी भी क्षीण पड़ सकता है। 'खिन्न पेंतुंग-लई पिंचि' अर्थात एक ही गर्भ-नाल के अंश हैं हम—तो मन के किसी कोने में एक अफसोस तो जीवनपर्यन्त रहता ही है कि काश ऐसा न हुआ होता...।

खैर, हृदय जिनसे भी जुड़ जाए और आत्मा विश्राम का अनुभव करे—वही लोग अपने हैं। सालों इस टूटने-जुड़ने को लेकर मानसिक संघर्ष से हम सभी लोग जूझते रहे थे। शिकायतों से मन भरा रहता था। जब तक ये शिकायतें हमारे साथ रहीं—तब तक हमने उनको बहुत पुकारा। हर किसी में अपने भाइयों के स्नेह को हम ढूँढ़ते थे...कभी दूर के चाचा में, कभी ताऊ में तो कभी किसी भी उस व्यक्ति में जो गलती से बहन कह देते थे। हर जगह उन लोगों की यादें बनी रहती थीं। मिट्टी के घरौंदे थे—जरा सी हवा चली नहीं कि बिखर जाते थे।

समय सब कुछ स्वीकार करवा देता है। दुखी होने में जो एक तरह का रस हम पाते थे—वह अब धीरे-धीरे विलीन होता जा रहा था। एक मोड़ आ ही जाता है जब आदमी उस एकरसता से उभर ही जाता

है। उसे हर वक्त मुँह लटकाए रखना उबाऊ-सा लगने लगता है। उम्र का कीमती वक्त उसमें जाया हो जाता है। किसी क्षण आदमी नींद से अचानक जाग ही जाता है।...दुखद स्मृतियाँ मन की मुक्ति का मार्ग बनती हैं। वे सहायक हैं पहाड़ की चोटी तक पहुँचने का...वहाँ से चील की तरह उड़ जाने का। पंख इसी से पैदा होता है।

मेरा उद्देश्य अति प्राचीन परन्तु अति नवीन—कुछ परम्परागत रीति-रिवाजों के सौन्दर्य को उजागर करना मात्र है। वह जो दुनिया को खूबसूरत बनाने में कुछ योगदान दे सकें—आत्मा की कुरूपता को धवल चाँदनी में नहला सकें। ऐसी पारम्परिक चीजें अथवा रीति-रिवाज जिसने हमारे समाज को एकता के सूत्र में बाँधे रखा—सदियों तक। सामुदायिकता की भावना इससे प्रबल और मजबूत होती थी। इन सबका अपना अलग महत्त्व रहा है। हमारा जीवन-दर्शन इनमें प्रत्यक्ष देखा जा सकता है। इन चीजों के बारे में गहराई से खूब लिखा जाना चाहिए। इनमें हमारा इतिहास है, हमारे उद्गम की कथा इन्हीं में कहीं दफन है, आध्यात्मिक संकेत भी है यह। चन्द पैसों के लिए इसका बिक जाना हमारी सामाजिक नैतिकता का बिक जाना भी है। व्यक्ति की आत्मा ऐसी बातों से क्षीण हो जाती है। एक व्यक्ति का कमजोर हो जाना सम्पूर्ण समाज का कमजोर हो जाना है। इससे कुरूपता बढ़ती है। इसलिए इस पर चिन्तन-मंथन किया जाना जरूरी होता है—जिसके चलते कुछ बुरी घटनाओं का जिक्र अपने-आप आ ही जाता है।

मेरी मई (मौसी) यापर दीब के मृत्यु के बाद बदहवास घूमने लगीं। अम्मा और उनके बीच बहुत प्रेम था। जब वे मिलतीं तो देर तक गले लगकर रोती थीं। मुझे हमेशा लगता है—मई उस ताल्ल को लेकर जो

कुछ हुआ था उसी के चलते ग्लानि से मरती रही होंगी। शर्म और पीड़ा से बचने के लिए तेज-तेज कदमों से भागती थीं—लेकिन अपने-आप से कोई कहाँ तक भाग सकता है भला! पूरा जीवन व्यर्थ चला गया! कब बूढ़े हो गए, कब मृत्यु दरवाजे पर दस्तक देने लगी—ध्यान तक न रहा।

कई साल बाद उनको मैंने 'हारा-हापा' प्रेयर सेंटर में देखा। वह ईसाई बन गई थीं। मुझे देखते ही गले लग रोने लगीं। बहुत खुश लग रही थीं। बिलकुल तरो-ताजा। मुझे लगा शायद वक्त ने उनको भी अतीत से मुक्त कर दिया...। लेकिन इसके एक सप्ताह बाद ही पता चला उन्होंने अपने शरीर का त्याग कर दिया!

कई बार मृत्यु के ठीक कुछ समय पहले आदमी स्वस्थ हो जाता है। वह चहकता है। मनपसन्द चीजों को खाता है। रिश्तेदारों से मिलने की जिद करता है। उन्होंने भी ऐसा ही किया था—मानो वह जान रही थीं कि अब वह हल्की होकर शून्य आकाश में तैरने वाली हैं।

गाँव वाले पलायन कर गए लेकिन उस जमीन से नाता नहीं तोड़ पाए। आज पेल्यी गाँव में घरों के स्थान पर मात्र खेत दिखते हैं—किवी, अमरूद, सन्तरे, इलायची, अगर, ईख इत्यादि के पौधे लगे हुए हैं उनमें। अब वहाँ अग्नि-गोलों का नृत्य भी नहीं चलता। मैं सोचती हूँ—वे अग्नि गोले मनुष्य तो नहीं थे—फिर क्यों गायब हो गए होंगे?

न्योकुम उई

एक धुँधली-सी याद है—उस दिन 'गाय-गेका' में—हमारे घर के सामने की सड़क पर, उसके दोनों किनारों पर, घर के आसपास और 'न्योकुम पूतुंग' पर कई लोग हैं। शोर-शराबा है। स्त्री-पुरुष सभी ने श्वेत सूती वस्त्र धारण कर रखे हैं। कुछ लोग दाव लहरा रहे हैं। एक आदमी सड़क पर पेट के बल लेटा हुआ है। यह लीखा रॉब है। उसके गले में रस्सियों से बुनी मोटी, कड़क रस्सी बँधी हुई है जो मिथुन को बाँधने में काम आता है। एक आदमी उसे खींच रहा है। वह उसे खींचता ही जा रहा है। खून से लथपथ है रॉब। वह दर्द से कराह रहा है। औरतें चिल्ला रही हैं। मैं डरकर अम्मा के पीछे छिप जाती हूँ। उसी के साथ वह दृश्य वहीं पर समाप्त हो जाता है। क्या हुआ था? वही दृश्य ही क्यों याद है मुझे?

सालों तक उस घटना को गाँव वाले भूल नहीं पाए। खूब चटकारे ले-ले कर सुनाया करते थे। अम्मा और मेरी सबसे बड़ी दीदी याना ने

तो मेरे कान ही पका दिया था। खेतों में धान के फसलों को बोये जाने के बाद जो एक आध्यात्मिक उत्सव होता है—वही उस दिन हो रहा था। 'न्योकुम उई' (प्रकृति पूजा से सम्बन्धित कर्मकांड) था। मैंने 'था' का प्रयोग उई के लिए किया; क्योंकि यह शब्द पुरुष वाचक है न्यीशी भाषा में—लेकिन यह शक्ति न तो स्त्री है और न ही पुरुष। ऐसा माना गया है कि उई का कानून तटस्थ है—वह भावों के परे है अत: इसमें कुछ कठोरता का सा भाव रहता है इसलिए यह पुरुष वाचक है।

न्योकुम पूतुंग (न्योकुम—पहाड़ की चोटी) पर यह सब चल रहा था। बाँस और कच्ची लकड़ियों से बना वेदी अपने गरिमामय और ऐश्वर्य के साथ चोटी पर विराजमान था। बेहद शानदार था वेदी—उसने अपनी भव्यता से वातावरण को सकारात्मक ऊर्जा से भर दिया। बाँसों से बनी श्वेत सुन्दर आकृतियों के कारण श्वेत शान्त बादलों की सौम्यता धरती पर उतर आई थीं। स्त्री-पुरुष सबने श्वेत वस्त्र और कई रंग के आभूषण धारण कर लिंया। रातभर भीगे चावल को कूटकर बनाए गए पाउडर से वस्त्र, टोकरी, ओप्पो (स्थानीय दारू) के बर्तन और वेदी पर लेप लगाया गया। वातावरण में माता 'जीत' (आबोतानी की पत्नी) की मौजूदगी थी। ज्ञात-अज्ञात पूर्वजों की आत्माओं का आवाहन किया गया था। वे सभी अदृश्य रूप से मौजूद थे वहाँ।

चूँकि हमारा घर न्योकुम पूतुंग से सटकर उसके ढलान पर बना था—इसलिए स्वत: ही कर्मकांड का केन्द्र बन गया था। पिताजी हेड (प्रमुख) गाँव-बूढ़ा थे। गाय-गेका गाँव भर का एक प्रमुख स्थान था। वह उस स्थान पर था जहाँ वास्तु की दृष्टि से उत्तम था। चूँकि हमारा समाज प्राकृतिक वास्तु के अनुसार चलता है, घरों का निर्माण और द्वार-दरवाजों

तक को उसी के अनुसार बनाया जाता है; इसलिए इस स्थान पर प्रमुख पूजा सम्पन्न किया जाता था।

पूरा एक महीना धरती-आसमान, सूर्य-चन्द्र, जंगल, पहाड़, नदी, पेड़-पौधे, फसल इत्यादि की आत्माओं का आवाहन 'न्यूब' द्वारा होता रहा। वह अन्तिम दिन था जब सब मौजूद थे। 'न्योक न्यूब' और उनके सहायक न्यूब (धरती की भिन्न-भिन्न सकारात्मक आत्माओं का आवाहन करने वाला पुजारी) ताज दोगुर के बाग (बरामदे) से उतरकर हमारे घर के बातुंग (सूर्यास्त की तरफ वाला द्वार) से घर के भीतर प्रवेश किया। मंत्रोच्चारण करते हुए बाग (सूर्योदय की तरफ वाला द्वार) में बैठ गए। 'खासंग न्यूब' (नकारात्मक शक्तियों को दूर करने वाला पुजारी) अपने सहायक न्यूब के साथ जोराम तम के बातुंग से उतरकर हमारे घर के बाग से प्रवेश किया। मंत्रोच्चारण करते हुए बातुंग में बैठ गए। यह प्रकृति की आत्माओं—जो नकारात्मक और सकारात्मक होती हैं—को सूर्योदय और सूर्यास्त के अनुसार स्वागत और विदा करने के उद्देश्य से किया जाता है। इसी के अनुसार घर का द्वार-दरवाजा भी जिन्दा माना गया है। इसका अपना महत्त्व होता है। एक कहावत है—'ल्याप्ताम ताब्खियनाम', अर्थात एक बार जो चीज किसी को दे दी तो दे दी; वापस माँग लेने पर दरवाजा उसके ऊपर गिर जाता है और आदमी मर जाता है अथवा घायल हो जाता है। क्योंकि घर का द्वार-दरवाजा सुनता है, देखता है, वह साक्षी है।

जोराम के सभी गाँव के लोग मौजूद थे। हमारे गाँव की स्त्रियाँ अपनी-अपनी जिम्मेदारियाँ सँभाल रखी थीं। रॉब की पत्नी याल्ला भी वहीं पर थी। वेदी के सामने रॉब और उसके बीच कुछ कहा-सुनी हुई। उसने पत्नी पर लकड़ी से वार किया और दाव से वेदी को काटने लगा। सम्पूर्ण

अस्तित्व के एक होने का प्रतीक, उसके केन्द्र का प्रतीक चिह्न—जिस पर ध्यान केन्द्रित करते हुए प्रकृति से संवाद किया जाता है—उस पर उस मूर्ख ने हमला कर दिया! मेरी अम्मा ने बीच-बचाव करने की कोशिश की। रॉब ने उनको वेदी के ठीक सामने धक्का देकर गिरा दिया। अम्मा के सिर पर चोट लगी। रक्त की हल्की छींटे श्वेत वेदी पर जा लगीं। आह, मनुष्य का रक्त वेदी पर! पशु-बलि की प्रथा है—मनुष्य का नहीं। प्रकृति का अपमान! अब सब कुछ अशुभ होगा...। हल्ला मच गया। मेरे आबू को खबर लगी, वह दौड़कर आए—उन्होंने रॉब को खींचकर नीचे ढलान की तरफ धक्का दे दिया। "मूर्ख इनसान! यह क्या किया तुमने?" यह कहते हुए हट्टे-कट्टे, लम्बे-चौड़े, ताकतवर न्यूब जोराम तादंग ने मिथुन बाँधने की रस्सी का फंदा रॉब के गले में डाल दिया। उसके आगे रॉब की एक न चली। वह उसे खींचते हुए सड़क तक ले गए। जब तक उसका शरीर खून से लथपथ न हो गया—तब तक वह उसे खींचता रहा। कोई उसे बचाना नहीं चाहता था। वह सजा का हकदार था।

मेरा बड़ा भाई ताराम उस वक्त तक ठीक था। स्वस्थ था। अभी पागल नहीं हुआ था। उसने रॉब को अपनी जान लगाकर बचाया। न्यूब तादंग ने नाराज होकर उस पर भी वार किया। वहाँ मौजूद लगभग सभी लोगों से उसने गालियाँ खाईं। मैंने उनको एक बार उनसे छोटा तापाक भैया को भी किसी से बचाते देखा था। एक आदमी तापाक को जमीन पर गिराकर धमाधम मार रहा था, ताराम उस आदमी को भाई के शरीर से अलग करते हुए उस पर घूँसा मार रहा था। उन लोगों ने घुटम-घुट्टी करते हुए सड़क के किनारे खड़े पौधों को गिराकर बिस्तर जैसा बना दिया था।

मेरा भाई बहुत ही हैंडसम, शारीरिक रूप से ताकतवर और हँसमुख था। अक्सर एक गीत गाया करता था—'ऐ, सा बागानी, एमाते हार आमी हार बागान कोरे कोनसा...।' वह ऐसा ही गाते थे। हमने भी ऐसा ही सीख लिया—न सही शब्द का पता और न ही उसके अर्थ का। लेकिन इतना ही पता था कि असमिया भाषा में चाय को 'सा' कहते हैं और बागान में काम करने वाले लोगों को बागानी। अम्मा कहती थीं, "मेरा पुत्र...वह न ज्येष्ठ न ही कनिष्क। माँ की गोद उसे उसके हक के अनुसार नहीं मिल पाया। मैं लगातार उसको काम पर लगाती रहती थी—खेत जाओ, लकड़ी लाओ, दूध दुहाकर लाओ, उसे हापोली तक लोगों के घर पहुँचाने जाओ...। बिना शिकायत वह करता जाता था। मन में शिकायत रही तो होगी...प्रकट करने पर भी उसे मैं काम से कहाँ बख्शती! वह इसे जानता था। अब तो वह पागल हो गया है...हर मुसीबत में वह हमारे साथ था। बहुत साहसी। वह ठीक होता न, मैं उसी के साथ रहती। वह मुझे कभी अकेली नहीं रहने देता।" माँ को उनके अपने अन्तिम समय में बहुत बार अफसोस होते देखा था कि सारा जीवन खेती-बारी, काम, काम बस काम... अन्त में कभी न रुकने वाले उन कामों ने उनके अकेलापन तक को दूर नहीं कर पाए। धन-दौलत, ऐश्वर्य, बुलंदियाँ पकड़ में ही नहीं आते थे।

न्यूब तादंग के कहने पर जारा गाँव के लोग रॉब को बाँधकर अपने यहाँ ले गए। उस पर जुर्माना लगाया गया। एक मिथुन और एक गाय 'न्योकुम दापो' के नाम पर रॉब को देना पड़ा। 'दापो' एक प्रतीक है—सीमा है प्रकृति और मनुष्य के बीच का। इस अदृश्य सीमा का अतिक्रमण बहुत ही बड़ा अपराध माना गया है। यदि रॉब पर यह जुर्माना नहीं लगता तो वह या कोई भी इसकी गलतियाँ दोहरा सकता है।

'न्योकुम उई' के वक्त कई तरह के रिवाजों का पालन करना होता है—जंगली पशु-पक्षी को नहीं मारना, जंगली सब्जियाँ और फल कुछ दिनों के लिए नहीं खाना, कृत्रिम चीजों का इस्तेमाल न करना—जैसे साबुन, तेल इत्यादि। इस समय धरती पर चोट नहीं की जाती। लोग खेतों पर भी नहीं जाते। कुछ दिनों के लिए जीवन थम जाता है—गाँव वाले किसी दूसरे स्थानों की यात्रा नहीं करते और न अपने गाँव में अन्य लोगों को आने-जाने दते हैं। चिल्लाकर बात करना भी इस समय वर्जित है। लोग शान्त होकर आहिस्ता-आहिस्ता ही बातें करते हैं। लड़ाई-झगड़ा भी नहीं करना होता है।

'न्योक+हाकुम' से बना है न्योकुम। न्योक अर्थात धरती के सभी स्थान तथा हाकुम अर्थात इकट्ठे होना। इसका पूरा अर्थ हुआ पृथ्वी के प्रत्येक स्थान—पशु-पक्षी, जंगल, नदी, पहाड़, खाई, मनुष्य और उनके पूर्वज आदि की अदृश्य शक्तियों का एक ही स्थान पर एकत्रित होना। सारी शक्तियों का एक हो जाना गर्भ है—इसीलिए न्योकुम को माता कहा गया। यह केन्द्र है। इसी से शक्तियाँ भिन्न-भिन्न रूप में सूरज की किरणों की तरह विकीर्ण हो जाती हैं। प्रकृति एक है—उसी का हम सब भिन्न-भिन्न रूप हैं। मनुष्य इनसे अलग नहीं है। यही केन्द्र सामूहिकता की भावना को मजबूत करता है। इसी भाव को केन्द्र में रखकर सामाजिक नियम-व्यवस्थाएँ बनाई गईं। कई पूर्वज-प्रतीक चिह्नों में भी इसे देखा जा सकता है।

सभी लोग अपने-अपने घर से अच्छे से अच्छे दारू और भोजन तैयार करके लाते थे। वेदी के चारों ओर गोल घेरा बनाते हुए नाचते-गाते थे। केन्द्र में वेदी होता था। इसी से एकता और शक्ति निर्मित होती है। वेदी के चारों ओर तीन घेरे बनाए जाते थे—प्रथम गोल घेरा स्त्रियों का

होता था जो वेदी के पास होती थी—वे एक-दूसरे का हाथ नहीं थामते थे; 'रिखाम-पादा' लोकगीत को गाते हुए नृत्य करते थे। सुन्दर ढंग से कमर को मटकाते हुए हाथों के भाव-भंगिमाओं को मिलाना होता था। एक स्त्री पहले एक पंक्ति गाती—बाकी स्त्रियाँ उसका अनुसरण करतीं।

दूसरी पंक्ति पुरुषों के लिए होती थी जो स्त्रियों को चारों ओर से गोल-गोल घेरते हुए एक-दूसरे का हाथ थामे एक भिन्न गीत के साथ 'बुईया' नृत्य करते थे। इसमें घुटनों को एक साथ मोड़ना होता है—हाथों और पैरों को एक साथ हिलाना होता है। इन गीतों में प्रकृति और पूर्वजों की कथाएँ होती थीं। सृष्टि निर्माण के गीत गाते थे। अपने शरीर पर गर्व करते थे। प्रकृति और मनुष्य के बीच की सीमा-रेखा 'न्योकुम दापो' का स्मरण किया जाता था। मजबूत कच्ची लकड़ी को उसके छालों को चीरकर जमीन पर दापो के रूप में गाड़ जाता था। इसे पुरुष सम्पन्न करते थे। 'न्योकुम न्युगुंग' (न्योकुम वेदी) साक्षी था। 'दापो' (सीमा) के अतिक्रमण से होने वाले नफे-नुकसान को याद किया जाता था। प्रत्येक चर-अचर के महत्त्व को इनमें स्मरण किया जाता था। अन्त में प्रकृति से आशीर्वाद माँगे जाते थे।

उसके बाहर तीसरी पंक्ति में एक या दो व्यक्ति 'ताल' बजाते हुए घुटनों को मोड़ते हुए नाचते थे—और उनके साथ दो-तीन स्त्रियाँ समूह के नृत्य से भिन्न सुन्दर भाव-भंगिमाओं के साथ नाचती थीं। सब लोग अपने गीत और नृत्य पर ध्यान केन्द्रित करते थे। कोई भी समूह एक-दूसरे के ध्यान को भटका नहीं पाते थे। यह बहुत ही अधिक ध्यान की माँग करता था। 'ताल्ल' से जो ध्वनि निकलती थी उससे आध्यात्मिक भाव जागृत होता था। स्त्री-पुरुषों के नृत्य और गीत भिन्न-भिन्न होते

थे—इससे एक भिन्न प्रकार का संगीत और दृश्य उत्पन्न होता था—इसी को न्योकुम कहा गया।

यह गीत और नृत्य आम गीत-नृत्य नहीं थे। इसमें मानसिक शुद्धिकरण होता था। प्रकृति और पूर्वजों के अदृश्य आत्माओं के साथ वे नृत्य करते थे। यह श्रद्धा का पर्व था। प्रकृति के साथ एक होने का महोत्सव था।

इसके बाद सभी स्त्रियाँ अपने-अपने भोजन और ओप्पो लोगों में बाँटते थे। जिसका भोजन और ओप्पो अधिक स्वादिष्ट होते, लोग उसे अधिक माँगते थे—स्त्रियाँ बहुत ही अधिक आनन्दित हो जातीं—इसका अर्थ था 'न्योकुम' माता ने उसे अधिक आशीर्वाद दिया। एक से बढ़कर एक ओप्पो और भोजन लोगों को खाने को मिलता था। कोई भी बचा-खुचा भोजन घर वापस नहीं लाते थे। खाली हाथ लौट आना अनिवार्य होता था। स्त्रियाँ आशीर्वाद के प्रतीक के तौर पर वेदी में बाँस की लटकती रस्सियों को तोड़-तोड़ कर अपनी टोकरियों, बैग इत्यादि में डाल लेती थीं। कई स्त्रियाँ अपने बगल में दबाकर उसे घर ले आती थीं। बड़े-बुजुर्ग कहते हैं कि इससे मनुष्य लालच की बीमारी से बच जाते हैं। इन रस्सियों को तोड़ते समय जल्दबाजी और हड़बड़ी नहीं करने होते थे। प्रत्येक क्रिया-कलाप श्रद्धा के साथ सम्पन्न होता था।

सड़क चूँकि हमारे गाँव के बीचोबीच से गुजरती थी—जीरो से या जीरो जाने वाली गाड़ियों का आना-जाना लगा रहता था। उनकी आवाजों और उनके दौड़ने-भागने से धरती में कंपन होती थी। हवा में अनचाही चीजें घुल जाती थीं—जो न्योकुम के लिए सही नहीं था। इस समय गाँव के युवा लड़कों को सड़क के आने-जाने के दोनों तरफ को अवरुद्ध करना होता था। ये लड़के वहीं पर रात-दिन रहकर पहरेदारी करते थे।

वे बिना बोले दाव दिखाते हुए इशारों से उन्हें वापस लौट जाने अथवा वहीं पर ठहर जाने को कहते थे। आगन्तुक भय के कारण आगे बढ़ नहीं पाते थे। यह साल में जून-जुलाई के मध्य में होता था—जब खेतों में धान की फसलें बोई जा चुकी होती थीं। इस काम में मेरा भाई ताराम बढ़-चढ़ कर भाग लिया करता।

इसके बाद न्यूब प्रत्येक गाँव वालों के घर और खेतों में जाकर 'ताजर' लगा देते थे। इसे 'ताजर-पानाम' कहा जाता है। बाँस को स्त्रियों के बालों की तरह छीलते हैं, उसे मंत्रोच्चारण से शुद्ध किए गए जल में डुबोकर खेत और घर पर छिड़क देते हैं। अन्त में उस 'ताजर' को खेत पर लगा देते हैं। खेत के स्वामी अपने-अपने हाथ-पैर खेत के ही जल से धोते हैं। इसे स्त्रियाँ ही सम्पन्न करती हैं। इसके बाद अवरुद्ध सड़क को खोल दिया जाता है। जीवन सामान्य रूप से चलने लगता है। हलचल होने लगती है।

आपातानी समुदाय के लोग असम से बहुत सारी गायें पैदल-पैदल ही ले आया करते थे। उन्हें ले जाकर हापोली बाजार में मीट के रूप में बेचते थे। न्योकुम के दौरान कई बार हमारे गाँव के लोगों ने इनसे उनकी गायें छीन लीं। मेरे आबू और ताराम ने कई बार गायों को छीनकर जंगलों में छोड़ दिया था। इसी कारण अन्य लोगों को दिक्कतें होती थीं। डिस्ट्रिक कलेक्टर से कई बार इसकी शिकायत हुई। लेकिन गाँव वालों को कोई फर्क नहीं पड़ा। डी.सी. ने जोराम के कुछ शिक्षित लोगों से बात करके इसे त्योहार का रूप दे दिया! जून-जुलाई में बारिश होती है—इसलिए फरवरी में इसे मनाने के लिए लोगों से मनवा लिया! गाँव वाले नहीं माने। कई तरह के पैंतरे आजमाए गए।

हमारे लोगों ने अपने आध्यात्मिक महोत्सव को भिन्न प्रकार के त्योहार में बदलते देखा था। इसे वे आज भी 'हालिंग न्योकुम' अर्थात गैर आदिवासियों का त्योहार कहते हुए मुँह बिचकाते हैं। उनके लिए यह नकली त्योहार है। प्रकृति से संवाद का मात्र उपक्रम किया जाता है।

जिस न्योकुम की धुँधली यादें मेरे जेहन में हैं, जिन घटनाओं का मैं जिक्र कर रही हूँ—वे 'हालिंग न्योकुम' के बन जाने के बाद भी हमारे गाँव वालों द्वारा 'न्यीशी न्योकुम' के तौर पर मनाये जाने वाला आध्यात्मिक महोत्सव है। "मलंग न्गो अलियुम देकु, न्गों रोहो हॉग मल दोयाकुबे" अर्थात सब जा रहे हैं, मैं समूह से कटकर, अकेला रहकर क्या करूँगा—कहते हुए धीरे-धीरे गाँव वाले भी मुँह बिचकाते, मजाक उड़ाते हुए भी सज-धजकर 'हालिंग न्योकुम'—जो फरवरी में मनाया जाता है—उसमें शामिल होने लगे।

साक्षर लोग बहुत बार शिक्षित मान लिये जाते हैं; संस्कृतियों में छिपे सौन्दर्य की हत्या कर देते हैं वे। इसके लिए कोई और तरह के विकल्प भी तो खोजे जा सकते थे—लेकिन उन लोगों ने तो महीना तक बदल दिया। जून-जुलाई को छोड़कर 'फरवरी' कर दिया। महोत्सव का औचित्य ही बदल दिया! जिस विशेष ऋतु में प्रकृति अपना जो रूप बदलती है—उसी को ध्यान से देखते और समझते हुए हमारे पूर्वजों ने इन विशेष महीनों को चुना था। धान की फसलों को बोये जाने के बाद जिन कर्मकांडों को सम्पन्न किया जाता रहा; उसे फसलों के कट जाने के बाद मनाए जाने लगे! अब यह त्योहार है—महोत्सव नहीं। इसीलिए आज भी कई बड़े-बुजुर्ग इस त्योहार को गम्भीरता से नहीं लेते।

वर्तमान में नया न्योकुम पूर्व के न्योकुम से बहुत ही भिन्न है। यह व्यापार बन गया है। खेतों पर, लोगों के घरों पर शुद्ध जल का छिड़काव नहीं किया जाता। खाली खेत पर फसलों के बिना कैसे जल-छिड़काव करते! लोग अपने खेतों में जाकर हाथ-पैर धोकर अपनी आत्मा की कलुषता अब नहीं मिटाते। जमीन पर चोट खूब होती है। कई तंबू गाड़े जाते हैं। लोग अनेक दुकान लगाते हैं। उनमें जंगली पशुओं से लेकर पालतू पशुओं के मीट तरह-तरह के व्यंजनों के रूप में परोसे जाते हैं। जंगली पत्तों का खूब इस्तेमाल होता है। जंगली सब्जियों का जायकेदार व्यंजन महँगे दामों में बिकते हैं। गरीब इन दुकानों के आसपास तक नहीं फटकते। शर्मिंदगी उनको उनसे दूर जाने को कहती है। धनी लोगों से चन्दा इकट्ठा किया जाता है। उन्हीं लोगों के पैसों से इसे मनाया जाता है। अब कुछ लोग इसे संघठित धर्म बनाने की कवायद कर रहे हैं। इसलिए संस्कृति बचाने के नाम पर फलाना-ढिमकाना होने लगी है। एक तरह का संघर्ष शुरू हो गया है। शायद मानव सभ्यता इसी को कहते हैं...।

यह अब समतामूलक महोत्सव नहीं रह गया। चन्दे देने वाले लोगों को मंच पर बैठाया जाता है। मुख्य अतिथि इत्यादि का चलन हो गया है। खूब भाषणबाजियाँ होती हैं। मध्यवर्ग अपने शरीर को क्रिसमस-ट्री समझकर आभूषणों से लदे हुए आते हैं। गरीब लोग नकली और कम दाम के आभूषण पहनकर शरमाते-सकुचाते कोने-किनारों में दुबकते हुए कछुए की तरह त्योहार का आनन्द लेते हैं। खूब हिन्दी-अंग्रेजी फिल्मी गीतों के धुन पर नाच-गान होता है। यह अब प्रदर्शन मात्र बन गया है, भद्दापन इसमें आ गया है; हालाँकि पुजारी मंत्रोच्चारण करते हैं, कुछ

कर्मकांड होते हैं, बलि होती है—लेकिन प्रकृति के साथ एक होने के उस मूल्य को भुला दिया जा रहा है। यह 'न्योकुम दापो' का अतिक्रमण है; प्रकृति और मनुष्य के बीच की सीमा-रेखा का अतिक्रमण। प्रकृति के विपरीत असन्तुलन को हमने धर्म बना लिया है। हम कब हिंसा का त्योहार मनाने लगे—कुछ ध्यान ही न रहा...।

इसे जब लिख रही हूँ तो बाहर बारिश अपनी कवितामयी धुन में गा रही है। उसके साथ मेरा एकान्त मुझको कितना प्रिय है! मैं इसी एकान्त के क्षणों में अपने पूर्वजों को श्रद्धा के फूल अक्षरों के रूप में अर्पित कर रही हूँ...इस उम्मीद से कि आने वाली हमारी नस्लें इन मूल्यों को फिर से जिन्दा करेंगी। हम फिर से प्रकृति के साथ श्रद्धापूर्ण हृदय के साथ कदम मिलाते हुए चल सकेंगे। हमारी आध्यात्मिकता, अस्तित्व को देखने का हमारा अपना दर्शन—लालच के धुंध में खो नहीं जाएँगे। 'आने दोंयी' (सूरज माता) हमारे अहं को अपनी अग्नि से जला डालेगी।

✪